幽暗

韩东 著

江苏凤凰文艺出版社

图书在版编目（CIP）数据

幽暗 / 韩东著 . — 南京：江苏凤凰文艺出版社，2023.5
ISBN 978-7-5594-6469-9

Ⅰ.①幽… Ⅱ.①韩… Ⅲ.①中篇小说 – 小说集 – 中国 – 当代②短篇小说 – 小说集 – 中国 – 当代 Ⅳ.①I247.7

中国版本图书馆 CIP 数据核字（2022）第 187665 号

幽暗

韩东 著

出 版 人	张在健
策划编辑	于奎潮
责任编辑	李 黎　孙楚楚
封面摄影	毛 焰
书名题字	毛 焰
装帧设计	周伟伟
责任印制	刘 巍
出版发行	江苏凤凰文艺出版社
	南京市中央路 165 号，邮编：210009
网　　址	http://www.jswenyi.com
印　　刷	苏州市越洋印刷有限公司
开　　本	889 毫米 ×1194 毫米 1/32
印　　张	8.25
字　　数	145 千字
版　　次	2023 年 5 月第 1 版
印　　次	2023 年 5 月第 1 次印刷
书　　号	ISBN 978-7-5594-6469-9
定　　价	58.00 元

江苏凤凰文艺版图书凡印刷、装订错误，可向出版社调换，联系电话 025－83280257

目录

我们见过面吗？
001

动物
027

老师和学生
049

幽暗
069

佛系
089

兔死狐悲
109

峥嵘岁月
187

我们见过面吗？

2001年，我在 L 市住过一百天。不是去出差，也不是旅游，只是租了一间房子在那儿待着。L 市有我一帮写诗的朋友，九十年代纷纷下海，到了新世纪无论是否发财都再次想起了诗歌。他们计划办一个刊物，邀我前往 L 市共谋大事。我一到就喜欢上了这里的节奏。

一般上午大家都在睡觉。中午吃过饭陆陆续续才约齐，去一家茶馆喝茶或打牌。牌局开始的时候已经是下午三点多了。其间有人会打发伙计去隔壁端一碗面条，边吃边打（忘了吃午饭）。四个人在牌桌上鏖战，可能有超过四人在一边观摩。当然，我们也可以只是聊天，谈一点儿正事，但这正事现在已经不是任何生意了，而是文学事业。我的朋友计划重返写作前沿，办杂志是他们想到的一步。八十年代我们正是通过办杂志脱颖而出的。但毕竟时过境迁,我对杂志的效果提出了质疑:"现在,最自由的地方应该是网络。"

我的意思是将纸质出版换成电子出版,把杂志办到网上去。其实对网络我也不是很了解,只是在意识上比他们超前,在行动或者熟悉网络上我们属于一代人。

意见统一后便是招兵买马,搜罗技术人才。应聘者不仅要求懂诗歌,还需要知道我们这帮老家伙。因此有关的过程就难免比较漫长。好在我们可以坐在茶馆里打牌、下棋,在娱乐之余憧憬一番诗歌的未来也相当享受。有这么一件大事作为前提,他们棋牌为乐、我滞留不去就更加心安理得了。

这是下午三点以后的情形,这时离吃晚饭已经没有几小时了。我们边打牌边聊天,琢磨着晚上去哪儿喝酒。进食的愿望其实也不是那么强烈的(刚吃不久),我们的饥饿感针对的是别的东西。酒精是其一,更重要的是酒桌上的氛围。下午的活动虽然身心放松,气氛毕竟不够热烈,况且由于刚刚起床,整个人的状态也比较麻木。晚上的饭局就不同了。当城市灯光亮起,特别是当餐桌上的餐具被从一层塑料薄膜里打开,熠熠生辉,我们就像醒了过来,彻底清醒了。给我的感觉是，到了这会儿L市人的一天才真正开始。

九十年代下海的人中，有的发财了，有的生意没做好。后者比如宗斌（正是他邀请我来L市的），就曾经挣过大钱，享受过荣华富贵但最后血本无归。如今，宗斌的谋生都成了一个问题。幸亏由于他当年写诗上的名声，那些发了财的朋友都乐于帮助他。我到L市的时候，正逢宗斌盘下了一家小酒吧，他的女朋友彭姐负责经营，宗斌的任务则是拉客，就是拉那些发财的朋友过来消费。因此每天晚上的饭局结束后，我们的落脚地点就是宗斌的露露吧。

我们一落座，啤酒至少先上两打。这还只是开始，喝到深更半夜，平均每人消费一打啤酒也是很正常的事。我们这一桌是宗斌亲自带过来的。坐下后不久，在其他饭局上吃好的朋友也陆续过来了，往往成群结队。于是就拼桌子。最夸张的时候能拼起七八张小桌子，窄长的一条，如果不是房间的长度有限，还可以继续拼下去。整个酒吧里就只有这么一桌，客人能坐四五十号。有时候也不拼桌子，大家分头而坐，酒吧房间里和外面的露天座上都有人在喝酒。也有人拿着啤酒瓶子，到处串来串去。这是露露吧的鼎盛时期，也是它开业后一两个月时的情况，和我们的诗歌网站的创办基本是同步的。

那段时间的确很热闹，招兵买马也有了成效。几个年轻人加入进来，他们一概来自外地，不是L市本地人。但无一例外，他们都热爱诗歌，听说过我们（宗斌、朱晓阳或者我）。小伙子们的长处是了解网络，短处还是穷，谋生是一个问题。于是就吃住都在露露酒吧里。宗斌说了，"只要我有吃的，就饿不着你们。彭姐就是你们的妈妈，负责照顾你们"。年轻人也真是纯洁，对下午喝茶、晚上喝酒都兴趣不大，所有的心思都放在了网络上。露露诗歌网的框架不久就建立起来了。当时网络上流行的是论坛，因此我们的网站上不仅有电子书，还设立了论坛以及聊天室。最后证明，电子书几乎无人问津，论坛最为火爆，而聊天室则绝对是一个意外的发现或者说头号的惊喜。

总之突然之间，网络成了一个话题，也成了我们在L市生活的一项重要内容。现在，晚上的饭局上我们不像以前喝得那么多了，宗斌总是惦记着回他的露露吧，惦记着在那儿忙活的几个小伙子。露露吧最近购置了几台电脑，小伙子们在那儿上网。老家伙们也开始纷纷学习电脑。朱晓阳虽然年纪和宗斌相仿，但反应一向很快，电脑打字没几天就掌握了，继而成了露露诗歌网的CEO。他除了管网站,还要管人,管小伙子们的生活以及小伙子们和老家伙之间的沟通。宗斌不同。一开始我提议将刊物办到网上去,他就持反对意见,这会儿网站启动,他又满怀着身不能至的忧虑和恐慌。一天宗斌没打招呼就提前走了,我问:"老宗怎么了,没喝多吧?"朱晓阳说:"他没事,去学习了。"

等我们到了露露吧,看见宗斌正缩在墙角里的一台电脑前打字。自然没有联网,他只是在练习,前面的墙上贴着一张儿童用汉语拼音字母表。宗斌叼着一支烟,两只手各伸出一根手指。他看一眼图表,敲打一下键盘,手指头能在半空悬上七八秒。那图表是针对幼儿的,比如e那一格里就画了一只鹅,i的旁边画了一件小衣服,sh就画了一头长毛狮子。宗斌的眼睛被香烟熏得眯成了一条缝,都不知道弹一下烟灰,咬着烟蒂的嘴里发出"恶""一""四"之类的怪声。

我给宗斌的建议是,不需要这么按部就班,找一篇文章或者一首诗,直接敲上去。不知道发音就查字典。宗斌说:"我是L市人,普通话不标准,小时候也没学过汉语拼音。"

朱晓阳说:"我也是L市人,也没有学过汉语拼音。"

在我和朱晓阳的鼓励下,宗斌不出一周就打字无碍了。但每天晚上的饭局他仍然提前离席，回到露露吧，然后直奔露露诗歌网聊天室。宗斌说露露吧是我们东山再起发动诗歌革命的指挥部，其实并非如此。也就是几台电脑成天在那儿开着，几个小伙子以及宗斌在那儿上网。网站的创建工作已经完成，剩下的只是日常维护，小伙子们把这儿当成免费网吧了。宗斌亦然，沉浸在自家网吧里，对小伙子们也不好过多指责。而且，彭姐也开始上网了。现在我们每次去，都见不到她人。好在都是老朋友，我们就自己去后厨的冰柜里搬啤酒，自己拿杯子、开瓶，结束的时候把钱压在烟灰缸下面。一次我问宗斌："彭姐呢？"也不是想让她招呼我们，只是某种礼节性的问候，彭姐毕竟是宗斌的女朋友。宗斌盯着电脑显示屏，头都没有抬，"在和她的大卫聊天呢。"宗斌说。

"大卫？"

"嗯嗯，彭姐在网恋。"

还有一次彭姐出现了，溜达到我们这一桌，也不是要为我们服务，拿杯子、开瓶什么的，只是一种礼节。我们毕竟是宗斌的哥儿们。宗斌对她说："你去和大卫聊天吧，去呀，这里没你什么事。"

宗斌说的应该不是反话，看上去他挺高兴的。就像把彭姐支走去聊天，他也更有理由去上网了。

由于宗斌两口子（虽然没有结婚，但却是事实婚姻）无意于经营，露露吧的生意开始走下坡路。我来L市也有两个多月了，大家待客的热情也渐渐趋于日常。总体说来，L市夜生活的气氛已不像当初那么热烈。每天下午的牌局照常进行，原本就比较平静，晚上也一起吃饭，但吃喝的时间却缩短了。参加者人数锐减，常常只有我、宗斌、朱晓阳和安龙几个人。如果有外人参加（所谓的外人就是没有参与搞露露诗歌网的），宗斌会变得非常具有进攻性，问对方说："你会上网吗？"如果对方表示不会，便会遭到宗斌无情的嘲讽。宗斌说你就是老土，只知道挣钱，马上就要被时代抛弃了，死到临头还笑得出来。对方一头雾水。之后宗斌就开始了漫长的规劝和说教。饭桌上只有他一个人在说，被批判者偶尔抗辩一句，宗斌就要发作，和人家打架。这样的饭局只能是不欢而散。

我认为宗斌是故意的，如此一来他就可以早一点回露露吧上网了。等我们几个人回到露露吧，气氛甚是冷清。前来捧场的朋友越来越少，酒吧里常常只有我们一桌。不是四五张小桌拼成的大长桌，而是只有一小桌，并且坐不满。酒吧里面也没人服务，无论是彭姐还是小伙子们,都躲在后厨边上的小房间里上网。

我重点要说的事就发生在这一时期。一天晚上的饭局结束后,我们照例去了露露吧。彭姐和小伙子们自然不在,朱晓阳就自己搬来一箱啤酒,大家坐在小桌边便喝上了。露露吧的营业场地只有一个房间,大概三十几个平方,放了七八张小桌子。临街的窗户倒是很大,鼎盛时期透过一层玻璃能看见坐在外面喝酒的人,而此刻我们只能看见一些空着的桌椅。我们这一桌也没有坐满,只有我、宗斌、朱晓阳和安龙。安龙甚至都没有坐下就消失了,肯定是去后面找上网的小伙子了。

房间里没有灯,不是没有安装,是压根儿没有人想到开灯。外面的街道倒很明亮,通过那扇大窗户,一些灯光照射进来,别有一番情趣。我们就坐在这半明半暗之中,喝着不冷不热的啤酒(由于彭姐怠工,现在的啤酒都不放冰柜了),一时无话。由于没有人陪我,宗斌也不好意思马上就去上网。他大概在懊恼怎么就让安龙抢了先,总之这酒喝得有些无滋无味。其间宗斌几次起身,去设在外间的吧台那儿转悠,并无具体的目的,看上去就像在活动腿脚,准备随时离开。我一小瓶啤酒还没有喝完，宗斌就领进来一个人，或者说那人是跟着宗斌进来的。显然是一位客人，也应该是宗斌他们的朋友。朱晓阳含糊地和那人打了个招呼，并没有起身。由于宗斌这么一领朱晓阳再一点头，那人就极其自然地坐到我们这一桌上来了。他的位置逆光，因此自始至终我都没有看清那家伙的脸。

朱晓阳介绍了那人，我记住了《L市诗刊》这个刊名。当然朱晓阳也说了他的名字，但我没有刻意去记，似乎是姓孙。姓孙的一身酒气，应该是刚从饭局上下来转场来了这里。他抓起桌上的一瓶啤酒就要和我干，我说我不怎么喝酒，还是慢慢喝吧。姓孙的就不乐意了，一连要求了几次，我不为所动。姓孙的说："你不就是皮坚吗？我知道你。"还没等我回答，他就一仰脖子把自己手上的那瓶啤酒给干了。放下酒瓶姓孙的说："你他妈的有什么了不起的！"

这时我的脑子转开了，这家伙和宗斌、朱晓阳到底是什么关系？熟人，这是肯定的，但熟悉到何种程度就很难说了。是不是朋友？如果是朋友又是哪种程度的朋友？或者说，宗斌他们和此人有什么利害上的牵扯？他是否帮过宗斌的忙，或者是朱晓阳的一个客户？一瞬间我想得很多，也很全面。再看宗斌和朱晓阳，一概沉默无语，似乎并不觉得发生了什么了不得的事。要不他俩正在一旁静观，等待事态的发展？这么想的时候我的表情始终是柔和的，尽量保持住脸上的笑意。"是没什么了不起。"我乐呵呵地说。

"知道就好，你他妈的懂什么！"

"是不懂什么。"我说。也许把对方当成一个酒鬼，不一般见识，这样的态度比较合适。

"那我问你一个问题。"姓孙的盯着我说。

"你问。"

"你忏悔了吗？"

"忏悔？我干吗要忏悔？"

"余秋雨忏悔了，余杰忏悔了，你他妈的忏悔了吗？"

这时宗斌插进来对姓孙的说："我也问你一个问题，你会不会上网？"

姓孙的愣了几秒钟，随即再次转向了我。他正要说什么，宗斌骂了一句"你就是一傻×"，骂完就起身离开了。宗斌又一次去了外间的吧台那儿。他大概是想分散姓孙的注意力，或者不过是在表示这一幕太平常了，不值得再逗留下去。我听上去却觉得他们的关系比较深。打是亲骂是爱嘛，能这样骂傻×而对方不回嘴说明了很多问题。没想到宗斌此举却成了某种诱导,"傻×!"姓孙的骂道,"你为什么不忏悔,我说你哪,皮傻×!"

我和姓孙的交情还没到那分上,能互相骂傻×而无所谓。但我的确毫无愤怒可言,只是觉得再这么闹下去就没完没了了。于是我霍地站了起来,顺手抄起刚刚坐过的椅子,做出投掷状。我知道这把椅子肯定是砸不出去的,朱晓阳肯定会阻挡,如果不是这样我就不用这一招了。果然,在我站起的同时,姓孙的和朱晓阳都站了起来,朱晓阳挡在我和姓孙的之间,对我说"这傻×喝大了",回过头推着姓孙的就往外走。姓孙的大喊大叫,一副要挣脱朱晓阳过来跟我拼命的样子。这时宗斌也从外间进来了,两人合力将姓孙的拖了出去。自然是一边弄姓孙的一边骂:"你傻×啊,有病呀……喝不起就给老子省省……我操你妈……"我放下手中的椅子,又坐下了。

大概十分钟后宗斌、朱晓阳回来了,姓孙的终于被他俩弄走了。然后安龙也出现了,三个人就陪着我喝,大有给我压惊的意思。刚刚缺席的安龙最活跃,慷慨陈词,他的意思是他不在场,如果在场的话肯定得揍姓孙的一顿。"什么鸡巴玩意儿,就是欠揍!"宗斌则有点心不在焉,或者说沉闷。也难怪,因为这场风波耽误他上网已经太久了。朱晓阳似乎有话要说,但由于我在场又像说不出口。我能感觉到三个老朋友之间有什么说不清道不明的东西,我毕竟是"外人"。因此我喝完杯子里的酒就告辞了。

朱晓阳把我送到门口,嘱咐我别往心里去,我说不会的,小事一桩,开酒吧难免会碰见。朱晓阳说:"就是体制里一个小杂毛。"这话我记住了,并且一记就是很多年。

去年我收到一个邀请,去给获奖的青年诗人颁奖,邀请方是L市的《L市诗刊》。这让我想起了一些什么。通过微信我旁敲侧击,问负责联系的小赵还有谁参加,小赵告诉我,因为经费有限,也没请什么人,除了几位获奖的青年诗人就是他们编辑部的人了。外地嘉宾只有一个名额。小赵说,这个奖每年都颁一次,都只请一个嘉宾,自然是在诗歌写作方面取得了瞩目成就且有分量的大家。他暗示我这是一份荣耀。

我回答,我考虑一下,看一下日程,然后给他答复。结束微信私聊后我马上百度,搜索《L市诗刊》,主要是查寻该杂志的编辑部人员名单。《L市诗刊》杂志社社长姓邱，就不说了，但主编姓孙，叫孙雪华，这不禁引起了我极大的怀疑。当年那个姓孙的不就是《L市诗刊》的吗？这么多年下来混成了主编也是合情合理的。之后我又搜孙雪华的照片，终于找到了一张报道有关文学活动的配图，照片上的孙主编怎么看都像当年向我挑衅的人。于是L市我就不得不去了。

这完全不是一个负气的问题，只是牵扯到好奇心。这个孙主编是不是那个姓孙的，并不是关键。关键是，如果他的确就是当年那个姓孙的，为什么会邀请我？也许孙主编是故意的，为当年的行为感到后悔，想借机向我道歉（邀请本身就是某种道歉）。也有可能，他终于当上了主编，只是想当面炫耀一把。还有一种可能，孙主编早就忘记了当年的事，即使有所记忆也觉得是小事一桩，完全不值得计较。由于工作需要，他们要请一位嘉宾，下面的小编辑推荐了我，孙主编也就顺水推舟地同意了。如果真是这样，那孙主编就是一个很大气而且心胸开阔的人……

然后，我就动身飞往L市。往返费用自然由《L市诗刊》出，他们给我定的居然是商务舱。从南京到L市不过两个小时，完全没有这样的必要。这说明孙主编对当年的事的确是怀有歉意的，对我的补偿业已开始。在宽大的座椅上我放平了身体，闭目沉思，想到两个有过节的人蓦然相遇，会发生一些什么。我如何应对倒在其次，因为理亏的不是我。关键是对方会怎么说，开头第一句说什么？脸上会浮现出怎样的表情？这之后，才谈得上我如何说话和做出什么反应。他会当成什么事也没有发生过吗？或者，开门见山，向我抱一下拳——

"老皮，对不起啊，当年得罪了。我也是喝高了，你大人不计小人过。"

我于是就说："嗨，你如果不提，我早忘记了，多大的事呀，我要是在乎就不来了。"

他就说："来得好来得好！这人嘛，不打不相识，当年我们都太年轻了。"

我说："是是是，谁都有年轻的时候……"

然后是碰杯，一笑泯恩仇。

一路上我都在想象这次即将到来的见面。就像编写剧本一样，准备我的台词，也几易其稿。我设计了不同的开始和结局（一直到一笑泯恩仇），也没有好好享受一下商务舱，睡上一觉。然后飞机就正点抵达了L市机场。小赵接站，开着他自己的车来接我。我们一路向L市城里而去。

本来我是要先去酒店放下行李的，但由于下班高峰道路拥堵，耽误了时间，为我接风的晚宴已经到点了。更严重的情况是各级领导都已经到场。虽然我说了"不用等我，让他们开始"，但孙主编回话："那怎么可以，一定要等，皮大师可是今晚的主宾！"（我们已通过小赵的中转开始互相对话。）不得已，我只好舍弃了酒店直奔饭店，因此所有在见面前的准备活动都没有按计划进行。我没能洗把脸，换一件衬衫，或者喝口水，提振一下精神，就风尘仆仆地出现在了酒宴上。

好在他们已经开始，并且至少已经开始半个小时了。我拉着行李箱走进一个大包间，但见烟雾腾腾，喧哗吵闹声响成一片。一个高个黑脸的人从主桌上站起来，指示服务员给我挪一个位子，此人定然是孙主编无疑。但从座位的安排看，他并不是这里官最大的。在座的还有社长、主管部门领导以及 L 市赞助此次活动的商界人士。孙主编一一进行了介绍。自然，我完全记不住，只是挨个点头握手致意。孙主编没有介绍他自己，就像我们早就认识了，也的确是早就认识了，否则的话他也不会是这样反应。孙主编介绍我说："我们的颁奖嘉宾，唯一的嘉宾，皮坚，皮大师。能请到这个级别的大诗人过来我可是费大劲了！"后一句是睁眼说瞎话，但你也可以理解成是场面上的需要。

我的到来暂时打断了酒桌上的高谈阔论，引起了一点波动，但紧接着，就又恢复了原先热闹的气氛，接上了。其实我更愿意这样，赶紧埋头吃东西。我一边吃一边想：这算是我们正式见面吗？也许不算。这是我和此次活动的主办方见面，和一个集体见面，我和孙主编还没有单独相处的机会，没有形成狭路相逢。因此不能放松警惕。这时有人向我敬酒，我说我不怎么喝酒，就意思一下，您也随意。我注意到边上的孙主编看了我一眼，这大概让他想起了当初我们相遇的情形。然后场面就有些混乱了，大家相互敬酒，人人都大言不惭，说着肉麻恭维的话。其他桌上的人也举着酒杯过来串了，敬酒，说大话，絮絮叨叨。酒桌上也分成了一团一伙的，互相之间掰扯着什么似乎无比重要的事，袒露心迹、赌咒发誓、牛逼哄哄……孙主编似乎非常冷静，我也注意到了他的冷静，他也注意到了我在注意他。似乎，这包间里保持冷静的就只有我们两个人，只有我们两人在冷眼旁观。这就形成了某种默契，就像我们是一伙的，是同类人，再加上彼此的座位挨着，因此不得不说点什么。几乎是同时，我们将脸转向了对方,四目相对,完全没有避开的余地。狭路相向的局面就此形成。

我等待着,脸上浮现出一个似笑非笑的表情,目光坚定但充满探究。我早就在等待这一刻了,已经预演设想过很多次。孙主编终于抗不住,说了第一句话,他说:"皮坚,我们见过面吗?"

我的天,这句话是我完全没有想到的。内心震撼,但却面不改色,我说:"你说呢?"

孙主编说:"我觉得没见过,这是第一次。当然了,你的照片我见得多了……"

"那就没见过,我这人记性不好。"

"我记性还行,我说没见过,那就是没见过。"

我一面佩服这家伙的老到,一面,也禁不住怀疑起自己来了。也许,我真的没见过这家伙,眼前的孙主编并不是当年那个姓孙的?如果事情真的是这样,那他又何必问"我们见过面吗"?既然他的记性像他说的那么好,这么问难道不是多此一举吗……但无论如何,这次交锋以后我们彼此都放松下来。孙主编举杯向我敬酒,我不禁喝了一大口。很自然地,我说起了在 L 市的几个老朋友,首先是宗斌。孙主编并不避讳他认识宗斌,"宗斌呀,"他说,"就是一个傻×,

不就是靠网络吗，离开网络他什么也不是，诗写得就像口水！"

孙主编的眼中几乎冒出火来，完全失去了刚才的镇定。他一仰脖子干了手上的啤酒，放下杯子他说："口水就是唾沫你知不知道？用唾沫写诗……写诗得用鲜血！用眼泪！血泪才能造就这个民族的诗魂……这傻×！"后一句仍然是骂宗斌。

再没有任何疑问了，眼前的孙主编就是当年那个姓孙的。如此具有攻击性，如此自以为是和突如其来。我们见面不到一小时，说话大概不超过十句，他就开始骂街。当然不是指着鼻子骂我，但也和骂我没有区别。我已经说了，宗斌是我当年的朋友，他这不是故意的吗？孙主编大概是想给我一个下马威吧。

由于不便发作，我转向了坐在另一边的一个家伙，主动和他碰杯。孙主编继续骂不绝口，冲着我所在的方向。虽然现在我是背对孙主编的，但和我碰杯的家伙却面对着他。孙主编冲着我们两个人在大骂。和我碰杯的家伙大概职务比孙主编低，满脸堆笑不停点头，附和道："是写得不行，这怂人我也认识……"

孙主编骂得兴起，由宗斌骂到朱晓阳，由朱晓阳骂到安龙。我在L市所有的这些朋友他都认识，所有这些人都令他极为反感。他对他们的愤怒已不是一天两天的了，终于逮着了一个机会。面对两个人的小范围的谩骂也渐渐地变成了一场讲演，酒桌上的很多人都被吸引了。这时敬酒的高潮已经过去，酒宴也已经接近尾声。

"……都老大不小的了，有五十多了吧，年过半百，不知道挣钱养家，给父母买套房，这他妈的还是人吗？根本就是人渣！说到底这他妈的就是一个伦理问题……你说《L市诗刊》是你什么？是你母亲，就是你妈啊，没有《L市诗刊》你他妈的这会儿还在地下拱呢！这宗胖子和这朱小瘦子的诗歌处女作不都是在咱这《L市诗刊》发的？俗话说儿不嫌娘丑……网络，网络能给你什么？到今天你还不是混得像个瘪三，见了老子都要浑身发抖……"

我已记不清晚宴是如何结束的，总之我就到了下榻的酒店，到了酒店的客房。准确地说，我身处客房里的一只大浴缸内，醒来的时候发现一条毛巾正在温暖的水波里半沉半浮。我吓了一跳，心想如果我淹死在了浴缸里（我是被一口水呛醒的），那不就成了一个笑话？赶紧起身，找到浴巾擦干身体，并套上了酒店的睡衣。在一段记忆空白和一场虚惊之后,孙主编的形象又浮现在了我的脑海里。

我准备给朱晓阳打一个电话。

按说我来L市首先要联系的是这帮朋友,但毕竟快二十年过去了,大家的情况都发生了不小的变化。宗斌早就不在L市了,去了北京,照孙主编的话说他离不开网络。从论坛到博客,再从博客到微博,再到微信,宗斌一路走来,如今在搞一个微信公号。如今宗斌有自己的公司和团队,"露露写诗"拥有上百万的粉丝,宗斌俨然成了网络诗歌写作的头号教主。他人不在L市。朱晓阳也不在L市,不过动向和宗斌不同,回下面的县城老家去了。朱晓阳的父母年事已高,朱晓阳发愿要陪他们走完人生的最后几年,边写作边尽孝。而安龙已经淡出了诗歌圈,自从2001年我们见过以后再也没有碰到,他在不在L市都不重要了。

我打电话给朱晓阳,主要是想聊一下孙主编的事。电话只响了一下,朱晓阳就接了起来,就像他一直在等这个电话。

我说:"我在L市。"

朱晓阳说:"哦,我在乡下。"

我说:"我知道,你说过的。你现在方便吗,我要和你说一件事。"

朱晓阳说:"方便,老人已经睡了,我在看书。"

"《L市诗刊》的孙雪华你还记得吗?现在是《L市诗刊》的主编。"

朱晓阳说:"我知道他。"

于是我便从头说起,说了这次来L市的原委以及今天的遭遇,自然还有我不无复杂微妙的心理。对朱晓阳这样的老朋友我大可以敞开心扉。

"你说完了吗?"朱晓阳问。

"说完了。"

"孙雪华就是这么一个人,单位里的,你也不要太往心里去。"

我说:"我知道。我就是没想到,他居然会问'我们见过面吗',什么都想到了,我就是没想到他会这么说。真是太狡猾、太厉害了!"

然后,我们不禁又说起了当年在露露吧的遭遇,复盘一把。朱晓阳补充了若干细节,关键是我走后的那一段,他、安龙和宗斌之间竟然爆发了一场争吵。朱晓阳说宗斌没有尽到主人的责任,没有及时制止姓孙的胡闹。我是他们请来的客人,又是好哥儿们,那姓孙的是什么人啊,怎么可以任由他胡来?朱晓阳说宗斌被网络迷住了心窍，不辨东南西北了。宗斌反驳朱晓阳，问他为什么也不制止，他朱晓阳也是皮坚的朋友，况且身兼露露诗歌网的CEO，有义务调解各种纠纷。朱晓阳说这件事和网站无关，发生在酒吧里，而酒吧是他宗斌开的。宗斌则强辩，说露露酒吧和露露诗歌网是一体的，否则为什么名字都叫"露露"呢？朱晓阳说，那还不是应你的要求？安龙则站在朱晓阳一边，说如果酒吧是他开的，他早就让姓孙的站着进来躺着出去了。总之三个人吵得不可开交，当时他们又喝了不少啤酒，是边喝边吵的。说到激动处，朱晓阳将手里的杯子往桌上一蹾，由于酒精作用力道没控制好，竟然将杯子给震碎了。碎玻璃扎进手指流了不少血。难怪第二天我见到朱晓阳时他的右手上缠着纱布。记得当时我问朱晓阳，他说是不小心摔了一跤手撑在一块石头上造成的。

这次复盘使我彻底平静下来了。我甚至能听见朱晓阳说话的间隙，手机里传来的呼呼风声。这个电话来自偏远的山区县城，我想象那里早已是黑灯瞎火。想来朱晓阳怕吵醒父母，是走到院子里去打这个电话的。也许他边打电话边看见了满天星斗。而从我所在的宾馆房间看出去则是一片灯海，夜市方向霓虹闪烁，充满了诱惑。这番景观也很不错。

最后,朱晓阳呵呵一笑,将他的幽默发挥到了极致。他说:"不过老皮,你的确认错人了,当年那家伙叫孙鹏,也不是《L市诗刊》的,而是《L市文艺》的编辑。两人既不同名,也不在一个单位上班,当然了,一个德性。"

"啊?不可能吧……"

"事实就是这样,两人都姓孙,也不能全怪你。"

"真他妈的荒唐,而且……虚无。"

动物

1

林教授前往某岛国参加一个学术活动,妻子小宇同行。他们从阴暗寒冷的冬天一下子就飞临了盛夏,不,是到了热带,抵达时正值傍晚。走出机舱门,林教授觉得全身的骨架都松散开来。空中大团的云朵已经变暗,但灰云之间的天空仍然是深蓝色的。空气湿润,气息和他来自的大陆腹地完全不同,似乎从这一刻起,他才有了嗅觉,或者说有关的感官才毫无障碍地启动了。

前往酒店的轿车上,林教授和司机搭讪,问起活动日程以及来宾的情况。司机支支吾吾,加上语言障碍,折腾半天林教授才明白那司机并非活动方的代表,而属于一家迎宾服务公司。于是林教授沉默了,心中略有不满。

酒店亦无活动方的人迎候。林教授夫妇在前台办理了入住手续，便乘坐电梯扶摇直上去了自己的房间。酒店相当高级，客房规格也出乎他们意料，更绝的是有一扇大窗户面向海滨。此时天已经全黑了，下方是这个岛国璀璨一片的灯火，更远处是大海，在被天空映亮的云层下面显得恍惚和难以捉摸。

站在这样一扇窗户前，林教授开始拨打庄小姐的电话。庄小姐是这次活动的联系人，他们此行的一切事项都是经她的手安排的。明明开通了国际电话功能，但这个电话就是打不出去。林教授换了小宇的电话再打，还是没有接通。林教授给庄小姐发了一条微信，告诉对方他们已经平安抵达了，人已经在酒店房间了。微信还是林教授为联系的方便要求庄小姐使用的，但她一般不看微信。

小宇已经收拾好了箱子，这时她问："下面怎么说？"

是啊，下面怎么办，已经到了晚饭时间，甚至饭点已经过了。是他们自己出去找地方吃饭，还是再等等？正踌躇间庄小姐发来了微信。微信是这么说的，主办方设晚宴欢迎全体与会嘉宾，请着正装按时出席，赏光云云。十五分钟后有专车在酒店门前恭候,前往某个酒楼。

林教授多了一个心眼。因为小宇并不属于被邀请的嘉宾。接到活动邀请时林教授就有言在先,需要妻子陪伴一同前往,当然了,小宇的往返机票他们可以自己出,也就是吃饭时多了一个人而已。当时主办方是应允的。但庄小姐发来的微信并没有提及小宇,她使用的称呼是"您"而非"您们"或者"你们"。林教授回微信问:我妻子一起去方便吗?半晌没有回复。

眼看十五分钟已经过去了十分钟,庄小姐的微信终于来了。她说请示了主办方,因为欢迎晚宴是早就预订的,座位有限制,临时加座不太可能。总之是拒绝了。林教授不禁变色,心想:我跟你客气,你还当真了!他心里闪过一个念头,如果不打招呼他就带妻子一起去了,估计也没有问题。但如果事到临头小宇被阻挡在酒楼外或者宴席外,那就太丢人了。幸亏他预先发微信询问。

林教授回复庄小姐:那就算了,我也不参加晚宴了。我们自己去吃饭。

林教授估计这样一来,或许对方会妥协,道歉之余邀请他和妻子双双前去赴宴。即便如此他们也不可能去了,如果去了就像他们争取的是一顿饭。一顿饭哪里不能吃啊,哪里没有啊,外国佬真他妈的太小瞧人了,太他妈小气了!

"我们不单不吃这顿饭,这个狗屁活动我也不参加了,本来就没想来!"林教授怒不可遏。

"来都来了,"小宇说,"这地方多好啊,一点雾霾都没有,我们自己玩儿就是了。"

"不,活动我不参加了,退会!什么玩意儿!"

"你的讲座是后天的,到时候再说吧。"

又等了约半小时,庄小姐既没有回微信,也没有打电话。林教授一腔愤怒无处宣泄,换了一件T恤,他和小宇步出酒店,立刻就被热带绮丽而温暖的夜色包裹住了。他拉着小宇的手,又软和又滑爽,就像是一个陌生女人的手。

2

酒店位于岛国的文化中心地区,周边有不少大学、博物馆以及不算太古的古迹。当天晚上、第二天的白天和晚上他们基本上是在这片地方度过的。抽空去了一次唐人街,吃了一次素火锅,然后就是在这附近了。

由于被轮番殖民过，该地区文化元素丰富，加上自然风光，林教授和小宇并不觉得寂寞。他们去了一家美术馆，是由十九世纪的两栋著名的欧式建筑改造而成的，偌大的地方空空如也，几乎没有什么展品，也几乎没人。有一个展厅大约正举办当代艺术展，展品无非是些木头、石头、塑料、钢铁和纸箱子，或许构成了某种装置或者观念，但由于未脱离原材料的平凡，林教授和小宇并感受不到那种来自艺术的熏陶，看了也是白看。他俩信马由缰，进入到一个昏暗的空间，那儿正在放一部电影。竟然有四五个观众，十分肃穆、屏息凝神地看得出神。林教授和小宇靠墙而立（仅有的一排座位上坐着人），看了约有半小时电影。

这是一部纪录片，记录的是美术馆所在的这两栋建筑从设计到施工到改造成美术馆的整个过程。其中历史风云变幻，政要、名流纷纷露脸，最后影片从黑白转成了彩色，总之叙述的是美术馆本身不凡的历史。一家美术馆，里面啥也没有（姑且这么认为），唯一的展品就是自身的历史，似乎建这美术馆的目的就是为了讲述它是如何盖起来的。这真是太有意思了。当然了，观看的时候很无趣，或者莫名其妙，回头一想却意味无穷，如果说观念，这不就是一个很绝的观念吗?

更多的时候，林教授夫妇喜欢徜徉在这里的校园中。林教授找一个吸烟点坐下，尽情地吞云吐雾，小宇则或坐或站，待林教授抽完两人再会合。林教授生长于校园当然是很习惯的，小宇虽然不喜欢读书，但对校园氛围一向情有独钟，比如说她就很喜欢看校园题材的电影。小宇对校园有某种罗曼蒂克的认知，况且这是岛国大花园一般的校园。跨过酒店门前一座一百五十年前的钢铁大桥就到了，校园没有起始的地方，也没有任何围墙。坐在雨树下面的草坪或者石头上，看着那些手捧书本或电脑、戴着耳机的学生，他们不是坐在树冠极展的雨树阴影里就是在众多的雨树间穿梭。小宇迷上了雨树。

晚间就更不用说，校园情侣出现了，散落在他们四周。林教授和小宇似乎也成了其中的一对。也就是在这种时候，林教授可以谈谈观念，比如白天观看的那家美术馆的意义。他说："他们是无意为之，如果是故意的，那牛逼就大了。"

"为什么呀？"

"因为生活中的荒诞无处不在，而艺术的荒诞或者说荒诞的艺术却很困难，谁愿意劳民伤财去做这么无聊的事。"

"那这个美术馆是牛逼还是不牛逼呢?"

"两可之间。"

3

在报告厅门前林教授第一次见到了庄小姐,这也是他和小宇第一次和活动的主办方见面。庄小姐从桌子后面站起来,林教授说:"你就是庄小姐吧?"后者说:"欢迎晚宴的事不好意思……"

本来,林教授是想介绍一下小宇的,听闻此言怒气一下子就升起来了,就像是接上了第一天的话茬,这一天两夜白过了。他大声说道:"我走遍了世界各地,从来没遇见这样的事!"

小宇拉了一下他的胳膊,林教授注意到庄小姐的脸腾地就红了。庄小姐是那种典型的文职女人,长得虽不漂亮,戴着一副金属边眼镜,但白净文弱,红晕上脸尤其明显。林教授意识到自己的失态,支吾两句赶紧钻进了报告厅。小宇留下办理有关事务,填写表格、领取会务补贴,等等。

这个讲座是和当地的一位学者联席的,另有一位主持人陈教授,听众则寥寥无几,最多不过三十人。由于缺乏沟通,事先林教授既没准备讲稿,也没有用得上投影,和联席学者也没聊过。好在陈教授做过功课,大力而不无夸张地介绍了林教授,也在于林教授多年的讲课经验,二三十人那还不是小菜一碟吗?

联席学者侃侃而谈的时候,林教授陷入了沉思。自己的确修养不够,在报告厅门前大声斥责一位女性,丢份的不是庄小姐,而是自己。但也是这个女人太笨,为何要提欢迎晚宴这一茬呢?兴许她是故意的吧,女人心海底针,她们没有不记仇的。他记仇是因为涉及了小宇,如果冒犯的只是他本人,那真的不算一个事儿。庄小姐就不同了,她是主办方派出的唯一接洽这个讲座的人,显然"晚宴事件"以后她就停止了有关的工作。二三十个听众也都是冲联席学者来的。

所以说,庄小姐被怼也不能说是完全无辜的。

问答环节很轻松,几乎没有人向林教授提问。讲座结束,除了立刻就离开的大部分听众,剩下的七八个人过去将当地学者围住了。大约怕林教授尴尬,陈教授要求与其合影。一张拍完,陈教授又叫过坐在后排的小宇,对林教授说:"这是您夫人吧,一起照一起照，做个纪念。"

陈教授提出请林教授夫妇吃饭，林教授没有贸然同意。他怀疑陈教授代表活动方，如果是这样当然不能接受邀请。陈教授坚决否认，几乎都快赌咒发誓了，说自己就是林教授的一个粉丝，林教授夫妇这才欣然应允。于是说好了，各自回去休整一番，在约定的时间去某饭店会合。

他们走出报告厅的时候，庄小姐早就没有了踪影，甚至连放在门口的那张桌子都撤掉了。

陈教授请林教授夫妇吃的是当地名吃肉骨茶，当得知小宇素食时陈教授慌了神，一再抱歉，并立刻起身要换一家素食餐厅，被林教授拼命按住。"我吃肉，"林教授说，"她也吃锅边菜，没那么矫情，何况这肉骨茶是岛国特色。"

陈教授说："罪过，罪过。"

当肉骨茶上来时林教授才发现，这就是光光的一块大肉，泡在肉汤里，哪里有什么锅边菜？好在陈教授另点了不少素菜。

由于喝酒，这顿饭耗时很长。席间陈教授领林教授走出饭店，去马路对面抽烟。饭店所在的这条小街上寂静无声，几乎没有什么行人。街口透露出的天幕上挂着一轮皓月，林教授心想，当真比中国的月亮圆啊。再看他们走出来的饭店，连霓虹招牌都暗淡下去了，小宇这会儿肯定看着窗外，看见了两个沐浴着月光的烟鬼。林教授感到很满足，甚至有点陶醉了。陈教授还在历数对方专业领域的成就（这是他今天和林教授交谈的主题），林教授突然问："你真的不代表这次的活动方？"

"不代表呀，我就是我。"

"那我是谁？"

"您是林教授啊，大学者，大师……"

"我是说你说我是我，这个我是谁，也就是你是谁？"

"我是陈教授啊，您的读者，从小读您的书……"

"陈教授，你是哪里的教授？"

"就是您今天下午讲座的这个大学里的教授呀。"

"我下午讲座的大学是哪所大学？"

"就是……"

"哈哈哈哈，"林教授爆发出一阵大笑，那意思是刚才他这么提问只是在开玩笑，而不是喝多了。当然了，是那种在喝了酒的情况下才会开的玩笑，并不是喝醉后的无礼冒犯，二者显然是有区别的。这阵大笑还有更多复杂的含义,但已经和陈教授无关了。

笑完之后,林教授感觉到一阵空茫,大有不知身处何地之感。甚至有一点晕眩,就像要飘起来了,他抓住陈教授的肩头说:"我们回去吧,也该结束了。"

"我真的是读您的书长大的,才选了这个专业,当然了,您一点也不老,夫人那么年轻……"

4

郑敏当年离开中国,来的就是这个岛国。她的目的地是美国,由于种种原因取道此处,就是在陈教授所在的大学里读书。这件事过去有二十年了吧,此前林教授和郑敏同居了六年。自从林教授接到活动方的邀请,联系、沟通直到来了岛上他都没有想到郑敏,没有想起这件事,以为这岛国和自己完全没有牵扯,一个完完全全的未知之地,甚至商量航班事宜时林教授都把岛国的首都搞错了,令庄小姐很是不快。林教授赶紧纠正、道歉,发微信说:我心里想的是正确的,一打字竟然写成了别的城市,实在不应该。就此糊弄过去。

等到了岛上,他仍然没有想起郑敏,他和小宇在她曾经读书的校园里徜徉、游荡依然无知无觉。郑敏在最初的来信中是描绘过这个校园的，似乎说起过骑楼，下雨时可走在下面，但没有说起过雨树。总而言之这里爱下雨吧，但两天三夜过去了，他们并没有碰见下雨，也许现在并不是雨季。那么骑楼呢，即使有，林教授也没有特意注意到。那时候（二十年前）林教授也还不是教授。

他只记得他们在国内分别时的情景，两人沿着一道刷得雪白的围墙默默地走了很久，然后就到了火车站，她去上海乘飞机。没有吻别，没有拥抱，甚至连手都没有拉一下。就此别过以后在林教授的理解中她就到了国外，到了国境线的另一边。

那时候林教授的英语不怎么样，郑敏的第一封来信中随信附了几页打印出来的地址。郑敏告诉他，每次给她回信的时候裁下一条贴在信封上就可以了。但林教授只给郑敏去过一封信。为不耽误郑敏的学业、免于牵挂，林教授主动提出了分手。从此以后就再也没有郑敏的消息了。

林教授惊讶于自己的记性，难道他真的老了？这还不是最让他感慨的，最让他觉得奇怪的是，想起这些以后他竟然没有一点伤感、怀念、内疚或者自责的情绪，只是觉得荒诞，由荒诞而导致了一片空茫，身心无着，空空荡荡。也难怪，当年郑敏只是"取道"，想必她早就不在这个岛上了。

第二天早上，当热带的阳光刺入百叶窗照射到林教授脸上，他从沉睡中醒来立刻就觉得踏实了。本想叫醒小宇，告诉她有关郑敏的事，但想想还是作罢了。郑敏的事他不是没有坦陈相告过，并且相当仔细和全面，包括最后郑敏去了这个岛国。想来小宇也忘记了郑敏最后的落脚地点，对于往事的遗忘不只是他一个人的擅长。

5

活动方只安排了四个晚上的住宿。最后一个白天他们快中午才起床，又去逛了附近的校园。这个季节无法下海，去海滩上日光浴小宇又怕晒黑。小宇对博彩深恶痛绝，林教授则对购物之类毫无兴趣。关键还是岛国太小，也许走走逛逛是最相宜的。如果此行就这样结束，林教授夫妇也会觉得十分圆满的。去了一个从未去过的地方，怎么说也是一个国家，饱吸了带有花香海腥的新鲜空气，甚至林教授也完成了讲座，和当地人士（陈教授）也有过私下里的接触。这和参加旅游团旅游自然是不可同日而语的。

路边有人发传单，宣传岛国的"夜间动物园"，正是这几个字引发了小宇的好奇，画面马上就出现了。深山密林之中，月色斑驳，一些动物的身影在草丛或大树间出没，在车灯的照射下瞳孔放出绿光……他们当即决定，晚上去动物园，作为岛国游历的最后节目。

是夜，林教授夫妇乘出租车终于抵达。和想象中的不同，这儿几乎是个嘉年华，游客众多（估计至少有上千人），到处都是售卖旅游纪念品和岛国土特产的商铺，此外就是餐厅、酒吧。有人装扮成动物在空地上舞蹈，光怪陆离，围观者甚众。虽说喧哗一片，但声响的扩散性不强，感觉这些人是在一条大型游轮上。在一片光亮的外围出现了深色绵延的山影。林教授安慰小宇说："这儿是大门口，和中国的旅游景点一样。"

他们买了票，经过漫长的排队等待终于置身于游览车上了。和他们想的不同，这就是普通的游览车，没有任何防护和遮挡。并且这样的游览车还不止一辆，前后三四辆，一声铃响便相继出发了。好在开了一会儿就拉开了距离,感觉上整个园区就只有他们一辆车了。更奇怪的是,动物园入口处的喧闹声突然就消失了,消失得那样干净,大有恍若隔世之感。

月色如水。

后来林教授发现,如此强烈浩大的月色是人造的,是"月光"灯效,由专门的射灯打出,照得道路两边犹如舞台。路过一种动物导游便会开口介绍,话语所指、目中所见终于合上了。"狮子",于是他们就看见了狮子,卧在"舞台"中间,鬣毛甚至胡须清晰可见。只是那张狮子的长脸过于苍白,卧姿也过分标准,那头雄狮就像是石膏做的。它终于摇动了一下脖子,加上两头不起眼的母狮在一边缓缓走动,林教授夫妇和所有的游客都放心了,那不是假狮子。

此外还有鬣狗、郊狼、大象、野猪、野牛,所有的猛兽或可能伤人的动物都和游客近在咫尺,似乎随时都能蹿过来。小宇本能地抓紧了林教授的手,林教授这时已窥见了其中的奥妙。"别怕,"他说,"我们和它们之间隔着一条大沟呢。"

"我怎么没看见沟?"

"你看见路边的草丛和灌木了吧,是故意栽培的。加上野兽所在区域的地势比路面低了很多,所以看不出有沟。障眼法而已。"

小宇收回了手,拿出手机拍照。她不再担心了。

"月光"照射的大多是道路两边。道路延伸之处光线相对较暗,从林木的枝杈间漏下真正的月光。路边仍有不少树木,游览车保持了在山林中穿插的感觉。一些动物的身影掠过,皆是温顺的食草类,比如鹿、麂、山羊,踽踽而行,或者被车灯照射得愣在路中。然后他们看见了人,背着双肩包、打着手电筒,三三两两的像遛弯一样。原来这个地方是可以步行进入的,根本无须坐什么游览车,况且这车无遮无拦,和步行又有何异?步行还能看得更真切些,置身山林的感觉也会更加强烈。于是林教授对小宇说:"我们下去走吧。"

"开什么玩笑,"小宇说,"我们买的是坐车的票。"

"走走再上车嘛,反正这车开得也不快。"

"我不想下去,多危险呀。"

于是林教授就一个人下了车。他和小宇坐在最后排,因此没有惊动任何人,腿一迈就下去了。开始的时候林教授还跟在游览车后面走,但毕竟车速更快,眼瞅着那车就在前方变小了,像是某种林间动物一样倏忽不见了。林教授感觉到一丝惊奇,小宇既没有阻挡他,也没有呼唤他,跟着游览车就消失了,林间车道上就只剩下他自己。甚至连影影绰绰的动物们也都不见了,背包客也没有一个。林教授脚踏坚硬的地面,感受到山野的压力,同时又有什么豁然洞开了,就像是从那车上下来的不是身体,而是魂魄一样敏感和惊恐的东西,在暗淡的月光下载沉载浮。

不远处出现了两点绿光,火焰一样寒冷。林教授知道,这是野兽瞳孔的反光。这正是他和小宇想象过并向往的,他想提醒小宇,但意识到她不在他的身边。一般来说,这样的绿光只会出自猛兽,刚这么一想,林教授就看见了绿光的"主人"或者来源,一头硕大的野兽横立在路上,脑袋转向这边,和林教授迎面。林教授浑身的毛发顿时竖了起来。

林教授正在思考进退,那动物说话了。"别怕"它说,"是我。"

"郑……郑敏?"林教授说,实在无法将这个熟悉的声音和眼前所见联系在一起。

"怎么,不认识了?我只是过来打个招呼。"

它变换了一下姿势,就像人类"稍息"一样,体形也因此变小了一号。原来林教授把它地面上的影子和身体混为一谈了。离开影子它的大小就像一只大狗。

"你不是去美国了吗?"

"那只是计划。人算不如天算,呵呵。"

"你被困住了?"

"不,我比任何时候都要自由。"

林教授有些冲动,向前跨出一步。

"别过来,"那狗说,龇出了獠牙。与此同时整个山体晃动了一下,月光也瞬间暗弱下去。

林教授只好止步。突然他很想开一个玩笑:"郑敏,就算是你,那也应该是一只鹿,或者……是一种什么鸟类。你怎么会选择鬣狗呢?"

"这是我的本来面目。"鬣狗断然说道,再一次翘起了嘴角,就像要收集更多的月光一样,那獠牙又弯又长,宛若两弯月牙。他拿不准对方是生气了还是在自嘲。它在笑吗?正踌躇间那鬣狗说道:"你也老了,再也不是当年的那个林大才子了。"

"我现在是教授……"

"是啊,一个腰像水桶、脖子有几层的教授,心脏还搭了两个桥,从里到外都变了。"

"那你呢……"

"我们不一样,你自始至终是一个人,从一个年轻人变成了一个老人,太可怜了。"

林教授还想反驳，那鬣狗抖了抖毛说："就这样吧，谢谢你跑那么远来看我。"

"我不是来看你的，我甚至……"林教授的话还没有说完，鬣狗已经消失不见了。林间车道上再也不见任何动物或者人，林教授甚至觉得自己也不在那里。

空镜头中整座山林渐渐地恢复了亮度。

6

"老虎，老虎……"

不仅小宇，游览车上的乘客都骚动起来。夜游动物园已接近尾声，能隐约听到山口传来人声，所有的人都转向路左的一片三层楼高的铁丝网。导游说，老虎比狮子厉害，所以加装了铁丝网防护。老虎是动物园内唯一加装了铁丝网的猛兽，仅仅一道深堑是挡不住它们的。

铁丝网内依然被"月光"照射得一片银白，他们瞪大了眼睛，但除了一些树丛和山包并不见老虎。也许老虎隐伏在某处，如果不是这些有碍观看的铁丝网，它猛然蹿出，当真不可想象。小宇再一次握住了林教授的手。当游览车驶离了老虎的领地,他们终于听见了几声虎吼,就像是代表山林发出的。

回望车道的纵深处,林教授觉得似有什么动物在尾随。他告诉小宇自己的感受,小宇说:"老虎。"

林教授说:"鬣狗。"

老师和学生

1

小关开车来工作室接老皮,他们准备去金老师家一趟。老皮存文件、关电脑的时候,小关说:"怎么有警车开进来了?"

老皮工作室的南面是一整块玻璃,可以说是窗户,但却无法打开,说是玻璃幕墙也不确切,因为四周加装了木头窗框。这是艺术家画室的"遗迹",且不去说它。那整块玻璃外是一片竹林,这时竹林后面闪起两盏蓝色的警灯,但听不见警笛声。

"警车是什么时候开进来的?"小关说,"我去看看。"

老皮说:"还是别去了。"

无论小关说去看看,还是老皮说别去了,都透露出一丝紧张。因为这是非常时期,金老师被关进看守所刚刚两天。小关还是出去了。

老皮收拾好随身携带的饭盒和包,在工作室里等小关。竹林背后似乎有了一些动静,但因为竹子的遮挡看不真切。后来警灯不闪了,大概警车开出了院子。又等了很久,小关才推门进来。

她有一点兴奋。"小余被带走了。"

"哪个小余?"

"就是你们院子里的呀,艺术家。"

"小余?"

"就是那个个子高高的,有络腮胡子的。你见过的。"

老皮说:"我真想不起来是谁。"

"也是金老师的学生,还一起吃过饭,你怎么会想不起来呢?"

老皮在脑海里搜索了一遍,仍然没有对上号。这院子是一个艺术家园区,里面有十几个艺术家的画室,老皮来此已经快两年了。他比较熟悉的艺术家是和金老师走得比较近的几位。小余他肯定是见过的,但不知道对方叫小余。小余这个名字经小关一说,老皮似乎有一些印象,但是否高个子、有络腮胡子他就不能肯定了。

"小余被警察带走了,警察的手上提了一大袋东西。"小关说,"他为什么被抓啊?"

"不知道,"老皮说,"你怎么才回来,警车都走半天了。"

"我去问刘涛了,他也不知道。"

刘涛是金老师比较亲近的学生,老皮自然知道。就在昨天,他还找刘涛长谈了一次,看有什么办法能疏通关节,照应到在看守所里的金老师。

老皮锁上工作室的门,和小关分别从车的两边上了车,看见刘涛从楼里面走出来。老皮揿下车窗问:"怎么回事儿?"

刘涛搓着手指上的颜料,耸了耸肩膀:"不知道,应该和金老师的事没关系吧。"

这时艺术园区的管理员王师傅也走到了院子里,老皮说:"王师傅,小余被带走了?"

王师傅说:"是啊,也不跟我们打声招呼,说抓人就抓人,还拎了这么大一袋子东西出来。"他用手比画了一番。

"怎么走的,戴没戴手铐?"

"没戴手铐。"小关在驾驶座上说,"是吧,王师傅,我没看见手铐。"

"是没看见手铐……"

小关提醒老皮戴好口罩,她早已全副武装(口罩、手套、护目镜)开始倒车了。篮球场边聚集的野猫四散开去。但小关还是很注意,从她那一侧探出身去,观察着后轮。然后小关驾车他们就驶出了院子。

2

金老师进看守所是因为野猫。

艺术园区的电动门坏了,无法进出的时候随手关门,于是就有一些外面的人进来打篮球。篮球场是一个半场,就是水泥地上竖了一个篮球架。金老师对声音敏感,砰砰的拍球声和投篮的哐啷声让他烦不胜烦,这也就算了。后来,每次这帮人走了以后都会发现一只死猫,猫尸不是扔在竹林里的落叶上就是篮球场边,有一次还被人挂在了半开半闭的电动门上。金老师想当然地认为是这帮小孩干的。他走出画室试图驱逐这帮小孩,于是发生了冲突。

说这帮人是小孩也是相对于金老师的年龄说的,实际上他们从十五岁到三十岁不等。金老师虽说年近五十，但毕竟是搞雕塑的出身，手上有一把力气，推搡之下竟然把一个小孩弄伤了。金老师也挨了打，幸好他的学生及时从大楼内的画室里奔出来，金老师才没有吃更大的亏。受伤的小孩被送往医院，检查结果是肩关节脱臼、一根肋骨骨裂。金老师想赔钱了事，对方家长不干，这样案件就移交到了检察院。

保护野猫的理由自然不成立，金老师被群殴也没造成实质性的后果。金老师只有认栽，被建议处两个月的实刑，恰在此时来了疫情，暂缓宣判。这是一个机会，有大把的时间金老师完全是可以活动一下的，但他麻痹了，金老师的亲友和学生们也都麻痹了。就像因为这前所未有的疫情，金老师坐牢的事也可以不了了之了。

突然金老师就接到了通知，让他两天前前往法院。到了这会儿他还认为结果应该在两可之间，有可能被判缓刑或者监外执行，那样的话当时他就可以回家了，和朋友推杯换盏庆祝一番。老皮甚至连饭店包间都订好了。即使要坐牢，金老师也想得过于美好，可以"在里面读点书，画点小素描"。他准备了纸笔和几本一直想看但平时完全不可能去啃的"巨著"，交给两个学生，让他们探视的时候带过去。其他需要交代的就是野猫,什么时候喂食、一天喂几次,以及分几个点喂、猫粮在他画室的什么地方,金老师絮絮叨叨了半天。

没想到法院当庭宣判,立刻收监,金老师不由分说一下子就被摁住了(比喻)。王媛从看守所取回金老师随身携带的物品,除了钱包、手机、外衣,居然还有内裤。也就是说金老师被剥光了,是赤条条地进去的。物品中还包括速效救心丹,那可是金老师须臾不敢离身的救命玩意儿。

王媛、金梅和金老师身边的朋友们这才着急起来。

3

老皮、小关前往金老师家,自然不是去找金老师。作为金老师最好的朋友,在此特殊时期,老皮需要携夫人慰问金老师的家人。王媛、金梅以及金老师和王媛的女儿卡卡都在,等候多时了。老皮、小关换鞋进门、除去口罩,用酒精消毒后去水池那儿洗手。一开始他们没有说到金老师。正好老皮他们刚刚碰见小余被警车带走,这时便顺口说起了这事。

金梅也画画,认识他哥所有的学生,吃惊之余她聊起小余的个性。"很老实，平时不怎么说话，但有时候喝多了会发飙。"至于那只被警察带走的大袋子，金梅也猜不出里面会是什么。

"还能是什么，赃物嘛。"聪明的卡卡说。

"小余会不会吸毒？"王媛说。

"不可能，"金梅说。"他就是喜欢喝酒，酒量也就那样。"

"那袋子里到底是什么呢？"小关问。话题又回到了那只袋子上。

"有可能是尸块，"老皮说，"没准小余把什么人给分尸了。"他想开一个玩笑，但很不成功，小关立刻就变了脸，对他说："你说什么呀，太吓人了！"

之后他们就不再说小余和那只袋子了。

老皮问起金老师的事。王媛说这两天她们都去了看守所，不让见面，也不允许送东西，因为疫情的关系管得尤其严。最要命的是钱打不到金老师的卡上。"老金身上没有钱，看守所给了一个账号，可以往里面充值。"王媛说，"卡卡一直在电脑上操作，钱就是充不进去。"

"你没问他们吗？"老皮说。

"问了，他们说该充进去的时候就充进去了。"

问题的确有些严重。金老师除了想着在里面"读点书，画点小素描"，不无惬意的狱中生活也包括用钱改善一下伙食、上下周边打点一番。一个身无分文的金老师是无法想象的，这比他全身剥光了更是一种"赤裸"。

"他现在连钱都没有了，"王媛说，"就算里面有商店，他想买一条内裤，买一块毛巾，牙膏、牙刷什么的，都不可能。"

"是啊，"老皮说。"不过这些日常用品看守所应该会统一发放的。"

老皮说起他昨天和刘涛谈话的事。刘涛家境不错，家庭关系中不乏一些官员、商人。他特别提到了一个叔叔，说叔叔的一家公司开张，曾经有三个副省级干部到场祝贺。刘涛表示可以找这个叔叔帮忙找找关系，照应一下金老师。当时老皮问刘涛："你这个叔叔金老师知道吗？"刘涛说："我提过一次，说他人很好，金老师说：'那最好的人在你看来就是特朗普了。'我怕我找这个叔叔，金老师会不高兴。"

老皮说："都什么时候了，赶紧去找！"但为慎重起见，他详细询问了刘涛叔叔的年龄、做什么生意以及其他的一些情况。最后老皮得出结论，的确如刘涛所言,这个叔叔人不错,可以拜托。"这件事我做主,事不宜迟,不能让你们敬爱的金老师在里面受苦。"刘涛答应马上就去打电话,老皮嘱咐说,"也别说别的,言简意赅,就要求弄一个单间,金老师可以在里面读书、画画,当然不是那种大画。毕竟是那么大的艺术家。如果能办到这件事,其他的事自然不成问题。"

金老师的家人听说老皮找了刘涛刘涛又找了他的叔叔,情绪明显有了一些好转。

4

然后大家"移步"到金梅的画室。金梅的画室就在金老师家旁边,走几步就到了。空间足够大,金梅画画、生活都在里面。一帮人喝茶的时候,金梅钻进厨房里去忙活,这顿饭从中午以后她就开始准备了。

其间来了金梅的一个摄影师朋友,带着客户,借金梅的画室拍照片来了。要拍的商品是一种花茶,其实就是一种花,据说产自雪域高原,在场的人都不认识。客户借了金梅的茶壶和杯子,烧开水泡茶。金梅这儿各种新奇的小玩意儿应有尽有,尤其是器皿,杯子、罐子、瓶子、壶,甚至泡菜坛子,摄影师开始摆弄、布光,还用到了卡卡的一只手(少女柔美的手卡着一只朴拙的陶瓷小碗)。泡出来的干花在色泽清淡的汁水里绽放的确美不胜收。

开始吃饭的时候老皮的手机响了,老皮走到一边去接听。是刘涛打来的。然后,老皮向画室另一端的餐桌方向招手,王媛、金梅会意,走了过来。老皮压低声音说:"刘涛那个叔叔回话了,只有副厅级以上的干部才可以有单间。"

"那怎么办?"王媛说。

"我哥不是教授吗?"金梅说。

"教授对方没说。"老皮道,"不过刘涛的叔叔答应再去想办法,现在的这条线只能提供信息。"

"噢噢……"

"现在这条线虽然弄不到单间,但也说了,保证金老师不会在里面吃苦。"

"刘涛还说了什么?"

"刘涛的叔叔说,两个月的时间太短了,不好操作,如果刑期长一点反而好办。"

三个人走回餐桌,饭局正式开始。由于刚才的那个电话,王媛显然放松多了。金梅也兴奋起来,开始"推销"她存放的各种酒,从高度白酒到威士忌到绍兴黄酒应有尽有，啤酒和红酒更不用说。尤其是金梅自己泡的药酒，大瓶小罐的画室里无处不在，金梅随手取过一瓶，给自己满上。

"只要他在里面不吃苦就好，我也就是担心他的身体。"王媛说。这个"他"自然是指金老师。老皮愣了一下，和小关交换了一个眼神。不是说消息不能外传吗？这样对金老师以后不利。再看那个摄影师和他带来的客户没有任何反应。他们肯定是知道了，只是很知趣地一言不发，自从进门就没有提过金老师。

"只要他身体没问题，坐牢就是一件好事。"王媛继续说，"在里面不能抽烟，不能喝酒，不能熬夜，不能开车……"

"是是，"老皮接过话茬，"金老师所有喜欢的事都不能做了，不能画画，不能看书，不能看电影，不能看手机，也没有一个朋友，简直不可想象，太难熬啦，这金老师还是金老师吗？"

之后，客户聊起了花茶、高原、仁波切，摄影师聊起了他的摄影和艺术，金梅聊起了药酒，气氛越来越好。小关竟然说，这么长时间了，这是他们（她和老皮）吃得最好的一顿，玩得最开心的一次。老皮明白她的意思，自从疫情开始以来他们就没有在外面吃过饭,也没有和朋友聚。当然了,小关这么说也是忘记了金老师还身处狱中,忘了有这回事了。当他们吃吃喝喝高谈阔论的时候,金老师正在干什么呢?

饭后又喝茶。除了高原花茶,还喝了红茶、绿茶、岩茶、黑茶,应有尽有。普洱金梅拿出来生普和熟普,让大家选择。老皮说他只喝熟普,喝其他茶晚上会失眠,金梅于是找来了产自南非流行于欧美、日本的"博士茶",告诉老皮里面不含咖啡因。老皮惊讶之余称赞金梅说:"你真是热爱生活。"金梅非常高兴,开始说她的养生诀窍,早上必喝红枣生姜汤,加上枸杞,一共是三样(味)。晚上泡脚。她还现场展示了金鸡独立,卡卡拿出手机计时,金梅站了七分钟。金梅说,练这个姿势绝对有助于睡眠。

老皮突然问:"最近你画画了吗?"金梅有些发蒙,说:"奇怪了,最近我就是不怎么想画画。"

老皮说:"对待画画你太紧张了。"之后他开论每天工作的必要性。"甭管有感觉没感觉,有想法没想法,这件事都是每天必做的。这就是职业化,就是专业和非专业的区别所在。画画和写作一样,必须每天进行,谈感觉、谈冲动那太业余了。专业恰恰就是要去除所谓的感觉。法国导演布列松指导演员表演,就是让他们一条条地走,直到精疲力尽、麻木不仁,什么表演都没有了,那才是他所要的最好的表演。艺术都是相通的,无论画画、写作还是摄影,我们都是指导自己工作的导演,必须不厌其烦,别谈什么感觉。"

他之所以谈到摄影,是因为发现那个摄影师也在一边频频点头。甚至卡卡也转过脸来,很注意地在听。卡卡目前就读于某艺术学院油画专业,是大三学生,金老师不止一次说过,卡卡有很大的天分,就是缺乏野心,而且过于敏感,所以他不敢说任何重话。老皮明知道卡卡听得很认真,但还是克制住自己没有转过脸去,他想卡卡是承受不了这种来自自己尊敬的长辈当面说教的压力的。

"金老师和我都是这样的,"老皮对摄影师说,"每天都得工作,哪怕是只写几个字或者画上一两笔。金老师多大的天才啊,尚且如此……"

如果金梅、卡卡能有所悟,老皮觉得自己就不虚此行了。否则金老师身陷囹圄,他带着老婆在金老师家吃香喝辣怎么也是说不过去的。

5

隔了一天,也就是金老师进看守所第四天的下午,有人敲老皮工作室的门。老皮略感奇怪,因为平时敲他门的只有金老师,小关有钥匙,从来都是自己开门进来的。并且老皮由于怕打扰,一般不在网上购物,因此也没有快递。开门后原来是刘涛,后者说:"皮老师,我能进来说吗?"

"当然,当然。"老皮将刘涛让进工作室,"我这儿你还没有进来过吧?"

刘涛不答,看着老皮。"小余死了,"他说。

"什么?"

"是自杀,昨天晚上跳楼了,我们刚刚去了他家里。"

老皮不知道说什么好。他走到水池边用电水壶接了水,然后摁下烧水开关,一面问:"他不是让警察带走了吗?"

刘涛说:"昨天上午他就出来了。是小余自己报的案,他怀疑自己得了新冠肺炎,核检没问题就被放出来了,没想到晚上……"

老皮的眼前出现了一个络腮胡子、高个子的形象,这回，这个小余不再对不上号了。怎么刚刚知道有这个人，他就已经死了呢？老皮心里想。说不清是自责还是别的什么感觉，有一种失去了坐标的茫然。

"抑郁症，重度抑郁。"刘涛说。

然后，他们就面对面地坐在了沙发上，各自的手上拿着一杯热茶。就像朋友聊天一样，他们聊着那个叫小余的人。老皮详细询问了有关小余的一切，他是怎么死的（怎么跳楼的）、病了多久、看过医生吃过药没有、家里还有什么人、家人的反应如何，小余除了画画有没有其他工作，以及小余的画到底卖得怎么样。刘涛尽其所知，一一作了回答。

"听说他喝多了会发飙？"老皮问。

"有时候是会发飙，"刘涛说，"但马上就会被对方反制住。小余太老实了，比我还要老实，他占不到任何便宜。"

"哦……可能也有遗传原因吧。"

进驻这个园区的都是艺术家，只有老皮是写东西的。他之所以搬进这个院子，完全是因为金老师，老皮和金老师年纪相仿，互相引为知己，金老师的一个学生搬走以后金老师就把老皮拉过来了。平时来老皮工作室的只有金老师，他几乎每天都来，两人相对而坐,聊得天昏地黑。因此,当天色渐暗老皮不禁产生了幻觉,觉得坐在他对面的不是刘涛而是金老师。一会儿他又觉得是个满脸络腮胡子、个子很高的人。也难怪,金老师以外,现在这个院子里老皮最了解的人就是小余了。

老皮站起身,说不清自己是要去开灯还是准备送客。刘涛也站了起来,同样神思恍惚,两人向门边走了几步,刘涛站住了。"我那个叔叔又打电话了,"他说,"我差点忘记说了。"

原来他并不是为小余的事来的,老皮心里想:我误会刘涛了。

两个人就这么站在昏暗里说起了金老师的事。由于南面的那块大玻璃稍稍透光,说话的时候他们始终看向那一点光亮。

由于疫情原因,所有进看守所的人都得先隔离十四天,期满出来以前也要隔离十四天。金老师的刑期是两个月,刨去两个十四天也就只有一个月零两天,刘涛叔叔的意思是不值得再折腾了。并且因为隔离的压力,里面也的确没有多余的单间了。至于亲友探视、送东西,因为是特殊时期都不可能。不能往里面打电话,只能从里面往外面打,对方还必须是座机。这年头谁还有座机呀,因此电话联系也是不现实的。金老师可以在里面写信,一周可以写一封。但就老皮对金老师的了解,他应该是不会做这件古老也许是不乏浪漫和诗意的事的。

老皮和刘涛来到院子里,王师傅所在的门房已经亮起了灯。身后艺术家画室所在的那栋大楼,也有不少窗户亮了起来,金老师画室那一层则漆黑一片。老皮忘了锁工作室,就又返回去锁门,刘涛仍然跟在后面。他想提醒刘涛,小余的事暂时不要告诉金老师,但转念一想,就是想告诉也不可能呀,因为已经完全隔绝了。老皮只是说,"金老师知道又要大哭一场了"。

"金老师哭,不可能吧?"刘涛说。

"唉,你们还是不了解金老师,他肯定会哭的。"

老皮想起前些年一个朋友病逝,金老师闻讯后哭得不能自已,何况小余是他的学生呢?还那么年轻。

老皮没有进一步解释。

6

老皮让小关给王媛发微信,把从刘涛那儿了解到的情况告诉她。他特意嘱咐小关,不要提小余的事。

王媛马上回复了，说刘涛的关系还真有用，钱已经充到金老师的卡里去了，限额一千五。王媛说：我会继续充的，保证他在里面有钱用。

吃过晚饭，王媛再次发来信息，说金老师用钱了，用了两百。金老师用多少钱，她都收到短信通知的，王媛说她马上再充两百。

老皮似乎看见了王媛兴奋的样子，也看见了金老师花钱的样子，也看见了小余满脸络腮胡子的样子。所有这些人都不在他眼前，但他的确看见了他们。

幽
暗

1

梦都大学的校园全国著名,因为占地面积大,校园内种的树多,王岳不止一次听人说起,就像一座原始森林。但他从来没有进入过。这次也不例外,王岳丝毫没有逛一下梦大的念头。一干人在饭店吃罢,酒足饭饱准备回宾馆,领路的老蔡把他们带到了一扇侧门前,看见牌子王岳才知道阴暗的围墙后面是梦大。"我们走一条近路,"老蔡说,"顺便也可以看看梦大校园。"

说得轻松,但老蔡显然是蓄意安排的。除王岳以外所有的人都欢呼起来。"好啊好啊,梦大校园听说很有名。""我还在想,这次有没有机会去梦大逛逛……"

那块梦大的牌子油漆剥落,字迹模糊,如果不是老蔡真没有人会注意到。那扇门也很不起眼,镶嵌在藤蔓覆顶的围墙里,门头上方的照明灯也不很亮,透过枝叶洒下一些暧昧的投影。王岳心里涌起一丝拒绝的情感。以前他以为只是忽略了梦大校园,事到临头才明白自己其实是有抗拒的。

老蔡属于活动的接待方,估计就在梦都大学任教,因此熟门熟路,和门卫打了一个招呼就把二十来号人领了进去。这校园果然非同一般,因为是晚上,视觉起不到什么作用,但周身猛然一凉,里面的温度比外面至少要低了四五度。进门后,这帮人就沿着一条发白的路面拉开距离三三两两地向前而去了。不知道怎么回事,王岳和老蔡落在了最后面。王岳走在后面可以理解,可老蔡是领路的,可能现在有那条唯一的水泥路领着大家吧,老蔡的任务就变成了殿后。

走着走着,王岳发现身边多了一个人。他是从对方散发出的气息感觉到老蔡的。后者具有特殊的气息,无论是走动的声响还是嗓音都与众不同。他是那种特别热情周到的人,而且很稳重,只要一出现,与会者无不觉得如沐春风。这会儿,于林间的黑暗中老蔡咯了咯痰,但没有吐出来,似乎是为了提醒王岳他的存在。确信王岳不会因为他的出现而惊慌,老蔡这才说话。

"王老师不是第一次来梦都吧?"

"来过几次,但从来没有到过梦大。"

"哦,"老蔡说,"梦大校园还是很值得看一下的。"

两人又交谈了几句会议上的情况,彼此熟悉或者知道的人。老蔡说:"我早就知道王老师,这回算是见到真人了。"

可此刻的光线下一无所见。当然啦,老蔡说的是活动期间,在亮如白昼的会议室里,他自然是见过王岳了。王岳自然也见到了老蔡,只是留下印象的是对方的身形、说话的声音,老蔡的五官长相却不甚清晰。也难怪,这次参加活动的人毕竟有二十来个,加上主办单位的,每次开会都不会少于三十人。吃饭也得摆上三四桌。此外,王岳还认识另一个老蔡,是在另一次类似的交流活动中认识的。很多年过去了,那个老蔡的面容已经模糊,但王岳见到了现在的老蔡,当年老蔡的样子反倒浮现出来。总之两个老蔡的模样有些打架,因此造成了王岳的记忆障碍。王岳无法回敬老蔡说:"久仰,久仰,我也见到真人了。"

远处教学楼(也可能是宿舍楼)的灯光透过密实

的树林透射过来，麻麻点点的，其中较亮的光源就像野兽瞳孔的反光，闪闪忽忽，时远时近。"你认识庄玫玫吧？"老蔡问。王岳不禁愣了一下。不等王岳回答老蔡又说："我们很熟的，她经常提到你。"

庄玫玫精细的五官以及身体的其他部分突然就出现在王岳的眼前。没错，就是这个女人，庄玫玫就是她，她就叫庄玫玫。王岳心想：真是久违了，我居然还能记得。但没有说出口。王岳说的是："她现在怎么样？我们已经很久没有联系了。"

"走了。"老蔡说。

"走了？……去什么地方了？"

"死了。"老蔡说，又开始咯痰。

"什么……她才多大？"

"四十一，"老蔡说，"如果今年还活着的话。"只听啪嗒一声，那口痰终于吐在了某处。

"噢……生的什么病？"

"癌症。不过也不是因为癌症走的，是的确走了。"

"什么意思？"

"她的的确确是走了，我不是在形容……"

然后，老蔡就说开了。庄玫玫是乳腺癌晚期，乳房切除后还是转移了，化疗期间大面积掉头发。可能是不能接受镜子里的秃头形象，或者因为别的什么（"别的什么，那指什么？"王岳心里嘀咕道），一天庄玫玫就从病房里出走了。大概是沿江而行，直到走不动了庄玫玫就投江了。遗体至今没有找到——事后有关方面组织了打捞，先后打捞了一周时间，远至下游五十公里的范围。"但肯定还是投江了。"老蔡说。

"为什么那么肯定？"王岳心里说。

"梦都临江，"老蔡继续说，"那家医院就在大江边上，梦都市每年投江的少说也有两百人吧，打捞作业是专业团队，据说能见到整尸的也就百分之二三十，了不得了。"

王岳心里涌起更多的疑问，但他还是什么都没有说。对方就像洞悉了自己的心声一样，"还有一条，"老蔡道，"庄玫玫爱美，热爱大自然，喜欢清净和自由……"

"这和投江有什么关系？"王岳心道，同样没有说出口。

"化疗开始以后，她有几次从医院出走，都是在江边被找到的。"老蔡说，"你不知道，梦都的江滩真是太美了，尤其是夕阳西下的傍晚。"

王岳无言以对。实际上，自从他问老蔡"什么意思"以后就再也没有说过话。此刻,王岳连心里的声音也熄灭了。道路两侧的林木黑乎乎的,偶尔有几根树枝伸到眼前,树叶居然在发光。这是对遥远光源的反射,看上去却像是叶片自身的光亮,非常微弱但是非常明显。王岳想到一个形容词,"油亮油亮的",对,这些叶片就是如此,油亮油亮的。

讲述过程中,老蔡的语调都极其温和,王岳可以想象对方满脸的笑意(虽说在昏黑中他无法证明这一点)。如果再过一点,老蔡的笑意就会成为一种讽刺,但他把握得很好,仅仅体现出关怀共情的一面。老蔡担心王岳骤然听闻噩耗会受不了,企图加以安慰是很明确的。所以他不愿意说"死了",一再强调庄玫玫"走了",不说她的"尸体"或者"尸身",只说"遗体"。如此善意一瞬间几乎让王岳落下泪来。

但是,老蔡为何要对王岳提起此事呢?这次活动以前他们并不相识,就算中间有个朋友庄玫玫,王岳也已经忘记了(在老蔡说出她的死讯以前)。也许,庄玫玫对老蔡有什么嘱托吧,后者受命于她,在完成庄玫玫的遗愿。老蔡从庄玫玫那里又听说了一些什么?但无论听说了什么也都是她单方面的描绘。

老蔡从领头的变成殿后的并非完全无意,选择从梦大校园抄近路也可能别有用心。他为什么不选择一个白天（领大家逛梦大）？仅仅是临时起意吗？

因此，王岳一方面觉得老蔡亲切得要命，一方面又觉得他包藏祸心，不无险恶。王岳想说点什么，黑暗中他张了几下嘴巴，但还是合上了。好在这个小动作老蔡没有察觉。

当老蔡也不说话的时候，他们就听见了一些声音，走动的脚步声，老蔡咯痰、吐痰的声音，以及四下里的生物或者非生物发出的声音。这就是万籁之声吧？王岳心想。水泥路的尽头连一个人影都没有。"人呢？"王岳终于说出了两个字。

"没事儿。"老蔡答，完全知道对方是指和他们一起进来的那些与会者，不是其他什么人。"顺着这条路就到梦大大门了，不会迷路的。"

2

第二天交流活动继续，老蔡有意无意都会凑到王岳身边，开会的时候这样，吃饭的时候也这样。老蔡预留了边上的座位，招呼王岳过去，要不就是王岳已经坐下了，老蔡会抱拳请求王岳边上的人和自己换一个座位，说他有事需要请教王老师。等真的坐下了，其实也无话可说，老蔡看着王岳只是微笑。他大概觉得经过昨天晚上的夜游活动，和对方之间已达成了某种默契。可王岳并不这么想，反倒是有所回避，只是王岳的修养不允许自己表露出来。

昨天晚上，当他们抵达梦大校园正门时，其他与会者已经在门边等着了。见他们过来，大家吵吵嚷嚷地开着玩笑，问他俩搞什么名堂，说就是和一个姑娘走路也不至于呵。当时王岳下意识地看了一下老蔡，大门处雪亮的灯光下对方的那张脸和他以为的老蔡完全不同，也就是说和一路走来所想象的那张脸完全不同，就像在黑暗中和自己说话的是另一个人。由此引起的震惊可说是甚于听闻庄玫玫之死。当然了，如果这一路上说的不是庄玫玫，不是关于某个友人的惨烈结局，王岳也不会如此吃惊的。老蔡依旧呵呵而笑，王岳却从这张陌生的笑脸上看见了阴险和恶毒。他也知道这是一个错觉，但已经挥之不去了。

此外，当一干人终于走出梦大正门，越过车辆往来不息的大街就看见了对面的大江，昏沉的一长条，江面略有反光。正如老蔡所言，梦都临江，很多建筑都铺陈在江边上。庄玫玫虽然不是从这里走出去的，但王岳还是感到了由衷的不适。这会儿老蔡正招呼这帮人去江边走走,"我们可以沿江而行。"他说,"梦都的江滨最美,尤其是晚上。"老蔡甚至提到了"清净和自由"。王岳一阵恶心,几乎吐了出来。

基于以上两点原因,王岳对老蔡怎么也亲近不起来。对于于是越发殷勤,跟前跟后,陪伴左右。下午会议日程已圆满结束,有一个电话打到王岳的手机上,王岳接电话的时候老蔡也不回避,笑眯眯地看着他。王岳只好边讲电话边走到一边去。接完电话王岳走回来,老蔡一副愿闻其详的样子。自然,老蔡不是真的认为他有资格探知通话内容,只是已经习惯了。王岳什么都没有说。

大巴司机再一次按了按喇叭,所有的与会者都已经在车上了,正准备趁这半日闲暇集体去市区游览市容,只有王岳和老蔡还站在下面。王岳对老蔡说:"我就不去了,您快上车吧。""怎么……那可不行……""我真不去了,要去见一个朋友。"

情势所迫,不允许他们多加讨论,老蔡只好当机立断。"我也不去了。"他说。不等王岳反应他向着大巴又是摇手又是挥手,摇手的意思是"我们不去了",挥手的意思是"你们赶紧走吧"。大巴车很生气的样子,猛然一下就沿车道冲了出去。

"您这是何必?"王岳说,"我和朋友有点事情要谈。"

"明白,明白,我不会插一杠子的。"老蔡笑道,"估摸着王兄今天也不在这儿住了。"

电话里孙总的确是让王岳搬过去住的,他的意思是两人在异地见面难得,又有项目要谈。"你们那活动能住什么酒店?"他说,"我这宽敞,大不了给你开一个总统套房……"当时王岳没搭孙总的茬,这时他对老蔡说:"对对,我要去朋友那儿住,明天一大早就直接去机场了。"

"理解,理解,所以我们需要告别一下。"

老蔡所言的告别,就是有几本他写的书要送给王岳。于是两人反身进了宾馆大堂,之后乘电梯回了各自的房间。王岳收拾箱子,喘息片刻,老蔡则是去取书,在扉页上留言指正并签上花哨的"蔡东"。王岳一根烟还没有抽完,房间门铃就被摁响了,老蔡捧着一摞书进来,一连声地说:"不好意思,不好意思,让王兄受累了。"老蔡找地方放下那摞书:"要不,你给个地址,我帮你快递过去?书太沉了……"

这一幕很常见,每次类似的活动都有与会者赠书,王岳也会赠书给别人。但他向来只送一本书，而且需要判断对方是否真的会读，至少会因为他的赠予倍感荣幸，即使不读也会从酒店里带走。每次王岳赠出一本书大约会收到十本书，基本上是这个比例。王岳会从中挑选出一二，剩下的统统丢弃在房间的垃圾桶里，或者特意放置在垃圾桶边上（如果书太多，容积有限的垃圾桶装不下），以示并非是自己忘记拿走。可现在，由于老蔡在场他无法如法炮制，进行这样的处理，只好将老蔡的书一本一本地硬是塞进了旅行箱。

然后，老蔡趋近了他，近到了两个男人不该有的那么近的距离，加上老蔡脸上浮现出的暧昧微笑，王岳的汗毛都竖了起来。老蔡的动作在下面，他垂着的一只手碰了碰王岳同样是垂着的手，王岳的注意力被转移了，看向老蔡的手。老蔡的手握拳，此刻那拳头交到了王岳手上，王岳的手掌本能地向上托起，老蔡的拳头松开，一点东西就落在王岳的手心里。

王岳抬起手来。房间里的光线不知道什么时候已经暗淡下去，有一盏落地台灯是开着的，也不知道是什么时候打开的，橘黄的灯光下王岳的手心正中出现了一枚绿色胶囊。

"这……"

"比伟哥好用。"老蔡说,同时身体后撤,两人的距离被拉开了。

"我用不着……"

"拿着吧,兄弟。"老蔡说,"有备无患,没有任何副作用。"

"我真用不着。"

"不用你怎么知道?咱们又不是小伙子了。"

"老蔡你误会了……"

王岳突然觉得这一幕非常熟悉,似乎在哪里遇见过,不是互相赠书,不是将被赠予的书丢弃,而是赠药这奇特的场景。同样的时辰、光线、互相间的推让,以及那点绿幽幽的绿……王岳正在恍惚,老蔡伸过来两只手,合上了他拿着那枚胶囊的手。"误会吗呀,一点小意思。"老蔡摇着王岳的手说,"祝王老师马到成功,如虎添翼!"

3

孙总这人比较无聊,如果不是因为有合作要谈,不是为了摆脱老蔡,王岳也不会答应见面。即使见面,也不会接受邀请,去住什么总统套房。

果然，吃饭的地方很豪华，两个人一个大包间。王岳和孙总隔着一张巨型圆桌相对而坐，桌子正中的凹陷处有一泓碧波，上浮战舰模型以及长着椰子树的岛礁。幸亏模拟的是海洋不是大江。他们隔着一个大洋遥遥相望，说话的语调却很轻缓。"现在市场不景气呀，"孙总说。叮叮、当啷，响起了几下餐具声。"但我们会尽量满足王老师的要求的，您的设计……"孙总竖起一个大拇指，代表他所要表达的意思，"感动到我了，就像您知道我是怎么想的。"

类似的话孙总说过不止一两次，每次见面他都这么说，同样的慢条斯理。但孙总就是不提签合同的事。王岳心想：既然你不惜在这种地方请客，也浪费时间，而时间就是金钱，为什么要在合同问题上斤斤计较呢？摆这样的谱有意思吗？无聊……

这时孙总又说了句："他乡遇故知，人生一大快，高兴！高兴！"两人随后饮尽了高脚杯中的红酒，就再也无话可说了。

他们吃饭的餐厅属于酒店，和住宿在同一栋大厦里。王岳被安排在孙总同一层，后者还有应酬，所以没有乘电梯和王岳一起上去。场景置换，顷刻之间王岳就到了一间酒店客房里，虽说不是总统套房，但足够高档。王岳关上房间门,立刻就像与世隔绝了。他参加的交流活动已离他远去,更不用说是老蔡的那张笑脸,甚至刚刚和孙总吃饭的一幕也恍若隔世。你很难说这间客房位于哪座城市,在哪座城市里都是可能的,也都合情合理。王岳因此彻底放松下来,检查了房间(其实是一个套间)里的每一个单独的房间或者空间。硕大的圆形浴缸并不在卫生间里,而是临窗而设,四周无遮无挡。王岳往浴缸里放热水,然后在自己的小天地里慢慢地洗浴。浸泡加上擦洗,身体的每一个部分,尤其是敏感部分都洗得干干净净的。王岳裸体套上了酒店预备的熏了香的浴袍。长夜漫漫,反正他有的是时间,王岳灵机一动走到门边,拔掉了取电卡,房间里顿时一片漆黑。在这之前他把卧榻推移到了阳台前,掉转了一个方向,使其面对外面的半空。酒店客房位于二十八层,因此王岳躺上去后只能看见一片夜空,以及被城市之光染色的几块云朵。

　　王岳半躺在卧榻上,想无所想,内心却有一丝不安,就像有事未了。他发现昏黑中出现了一点绿光,不用说,是老蔡赠予的那枚胶囊,它就搁在手边用来放烟灰缸的小茶几上,仿佛是谁特地放在那儿的。胶囊旁边是一瓶打开的纯净水,也是现成的。王岳很自然地就将胶囊捡起,放进口中,就着纯净水咽了下去,就像那是他每天必服的什么药丸。绿光消失,到了他的肚子里,开始爆破、起反应。王岳等待并体会着。他想起了老蔡的话,"没有任何副作用",但还是感觉到口干,面颊也绷紧了。王岳又开始喝纯净水,那瓶水几乎被他喝干。脑袋略微有一点眩晕,隐隐肿胀,不过根本谈不上是痛苦,说舒服当然也过了。

有人摁门铃,王岳并不吃惊,他早已等待多时了,站起身走到门边去开门。门外立着穿着浅色衣裙的庄玫玫。酒店走廊里灯光晃眼,由于逆光,王岳看不清对方的细节,总体印象庄玫玫就像一瓶纯净水。当然是一瓶很大的纯净水,和王岳刚刚喝掉的那瓶形状类似,气息也一样。王岳太需要喝水了。他正在想如何向庄玫玫说明这一点,她已经进到了房间里,并关上了房间门,客房里顿时又一片漆黑。庄玫玫完全不需要适应,王岳怀疑她可以暗中视物,没有发生任何磕碰她就走到了房间深处。然后,就在卧榻背面,庄玫玫做了一个动作,身上的裙子随之滑落,自腰以下她全都光溜溜的了。裙子失去了人体的支撑堆积在庄玫玫脚踝处的地毯上,庄玫玫从那堆衣物(现在只能称之为衣物)里拔出脚来,这才举起手臂开始脱上衣。

就像那瓶纯净水自动打开了瓶盖,饥渴难忍的王岳立刻就凑了上去。王岳准备的台词一句也没有用上,之后的过程中也没有谁说过一句话。当然,他们发出了一些声音,就像尚未进化出语言器官的野兽一样,他们呻吟、低鸣、嘶吼。

终于,可以用人类的语言说点什么了。两人倚靠在床头,一只烟灰缸搁在王岳盖了被子一角的肚子上。那烟灰缸是玻璃的,在烟头微光的照耀下闪出一点红亮,正好能让烟灰准确地落入其中。

王岳先开口,他清了清嗓子说:"你过来的时候,没被老蔡他们看见吧?"

"没人看见。"庄玫玫取过王岳手上的烟,也吸了一口。

"走廊里面没有人?"

"你担心什么,前面怎么不问?"

"不是没有机会吗。"

庄玫玫不再说话,伸过手来要烟。香烟只剩下了一截烟屁,被王岳掐灭在烟缸里,他又点了一支,吸了一口交给对方。两人就这么轮流吸着同一支烟,一面看向阳台方向。外面仍然是夜空,那几块红云已经不见了,光色有一点暧昧。庄玫玫悠悠地叹息道:"我已经有十年没干过了。"

王岳吃了一惊,"干过?"他问。

"是啊,就是操×。"

王岳完全没有料到对方会使用如此粗鄙的字眼。再看庄玫玫的身体,在幽暗不明中静静地躺着,软软的,凉凉的(他故意用侧面蹭了蹭她)。庄玫玫仍然像一瓶纯净水,也许现在只是一只空瓶子。

"十年,你今年才多大,"王岳说,"十年前估计还没发育吧?"

"少来。"庄玫玫说,"十年前我做过一次以后就没有做过了。"

这一次她没有用很过分的字眼。

王岳呵呵而笑,说:"还好,还好,幸亏你没告诉我你是处女。"

"如果呢?"

"如果?"

"如果我是呢?"

王岳不敢再往下接了。他取过对方手上的烟,很深地吸了一大口。

"犹如。"最后庄玫玫总结说,用词越发简短,而且相当文雅。

直到他们第二次以后,庄玫玫才完全正常(在王岳看来)。她甚至没有随王岳一起坐起来吸烟,始终贴附着后者光裸的肌肤。王岳吸烟的时候,庄玫玫抬起脑袋从下面看着他,他能感到她那依恋以至幽怨的目光。

"你会考虑我吗?"

"考虑什么?"

庄玫玫没有解释,只是说:"没什么,是我想多了,现在这样就挺好。"

突然王岳就听见了江水奔流的声音,一波接着一波。他们所在的酒店虽说位于江边,距离加上楼层高度,是不可能听见的。王岳心想,即使你站在江边,也不会听见江水声,因此他知道这不过是一个幻觉。于幻听的流水声中王岳听见庄玫玫说:"好吧,好吧,我会伤心而死的。"

庄玫玫已经埋下了她的脸,似乎睡着了。

那声音又说:"我已经死了……"

佛系

跑地鸡

江月是佛系。在成为佛系以前,她和鲍家英就已经是闺蜜。两人经常会闹一点小别扭,主要是江月看不上鲍家英,后者比较世俗,生活内容无非是房子、票子、老公以及吃喝玩乐。好在江月离开原单位三四年了,和鲍家英不需要每天见面,加上她成了佛系,正努力练习用慈悲心看待世界,对待鲍家英那就更应该如此。自己有必要戒嗔,鲍家英的所作所为也都是空性,其实无分别。诸如此类吧。

由于很长时间没有见面,这次见了,两人还是挺高兴的。江月直接把车开到了郊区的一个新农村,下车后她们看见一些鸡在土路上跑。鲍家英说:"啊,这是跑地鸡。"跑地鸡和市场上买的肉鸡不一样,是散养的，自己找虫子吃，体型不大，毛色也不光鲜（灰扑扑的），口感却无与伦比。江月不知道鲍家英说这些是不是故意的。就算开始不是故意的，但越说越像是故意的了。

鲍家英明知道江月吃素，竟然坦白说："看见这些鸡，我就忍不住想怎么吃它们。是炖鸡汤，还是红烧？要不就炒来吃。"

很难说鲍家英这是直爽，还是别有用心。江月的脸上浮现出标准的佛系笑容，没有说任何话。

跑地鸡就像向导一样，沿着土路把她们领到了路边的一家农家乐，也就是一家小饭店。跑地鸡摇摇摆摆地进了院子，鲍家英和江月跟随在后。还没有见到店主人，鲍家英就嚷嚷起来："我们要吃跑地鸡！"店主人也没有见到客人，就在门里面回答："有有有。"这时跑地鸡已经进到了房子里，只听一阵响动，伴随鸡飞狗跳，然后就没有声音了。跑地鸡应该已被拿下。

至此，江月有些挂不住了。你想想，那跑地鸡把她们引到一个所在，目的就是自己被宰杀，然后被攥它的人吃掉，世上还有比这更悲惨的故事吗？那么一只活灵活现的鸡，训练有素可以招徕生意，归宿应该是马戏团呀。但跑地鸡深知自己的命运。

那天她们除了吃鸡，还吃了鸭子、青蛙和鱼。说"她们吃了"不准确，因为江月吃素，面对这些荤腥她根本没有动筷子。店家大姐自然不知道她们谁吃谁没吃，只是把做好的肉菜不断地从小黑屋里端出来，放在院子里的小桌上。江月没有要求大姐炒两个素菜，虽然新鲜诱人的绿叶子菜家前屋后犄角旮旯里长得到处都是，她硬是没有开口。江月在责罚自己。不是责罚她把鲍家英带到了这么一个地方，而是责罚自己要生鲍家英的气。后者也看出来了，宽慰江月说："这跑地鸡其实我也没怎么动。我主要是吃鱼，鱼，不算是荤菜吧？"

江月从鼻子里哼了一声，心想：吃荤的人竟然如此无知！

鲍家英的确主要是吃鱼。一条五六斤重的黑鱼炒了鱼片，剩下的鱼头连骨头带肉做了一大锅鱼汤，基本上被鲍家英消灭干净。她边吃边说："好吃，好吃，我太喜欢吃黑鱼了！"鲍家英盯着黑鱼，余者不顾，甚至想让店家大姐再杀一条黑鱼，最后还是作罢了。那条准备杀而没杀的黑鱼被装进一只塑料袋中，鲍家英让大姐灌些水，后者说："不用，黑鱼的性子长，不会死的。"鲍家英计划把黑鱼带回家去，晚上让老公做了给她吃。

这时出现了一条狗,就是前面说的"鸡飞狗跳"里的那条狗。它卧在很高的门槛里面,脑袋搁在门槛上看向这边。江月呼唤它过来,狗跨出门槛走到半途,被主人呵斥住,就又回到了房子门边,在门槛外面趴下了。真是一条乖狗,帮主人拿下了跑地鸡,却决不越雷池一步,除非得到了命令。鲍家英也注意到了它,捡起桌上的一块肉骨头扔过去,那狗嚼巴嚼巴就咽了下去。"哎呀,太可怜了,瘦成这样。"鲍家英说,"就是一条野狗也比它胖啊。"

那狗果然瘦得厉害,毛色灰暗,却有一个大肚子,大概是在大肚子的衬托下才显得那么瘦吧。布袋一样的大肚子使吊着它(肚子)的脊骨下面肋条根根可数,一排很长的乳头拖曳在尘土里。"哎呀,还是一条母狗。"鲍家英说,继而又叫道,"哎呀,还是一条怀孕的母狗。"说着看了江月一眼。

鲍家英起身,向那狗走过去,端着那盆跑地鸡(红烧鸡块),连鸡带盆地放在母狗面前。狗在吃鸡的时候鲍家英摸着它的脑袋说:"多吃一点,多吃一点,否则小宝宝怎么会有营养呵。这只鸡也是你亲自抓来的……"

鲍家英说这些话的时候几乎带着哭腔。

江月看出来了,她是在怜悯那条狗,释放她的慈悲心。但鲍家英对待跑地鸡为什么就这么凶残呢?但不管怎么说,她是有慈悲心的,江月成了佛系以后至少能看见这一点了,能一分为二了。如果放在以前,没等鲍家英展示她的慈悲,江月早就不干了。江月看着怀孕的母狗狼吞虎咽,都没怎么吐骨头,心里想:总算是物有所值了。否则的话,那跑地鸡,那麻花鸭,那蹦蹦跳跳的绿青蛙,不就都白死了吗?

鲍家英唯一没有喂狗吃的是黑鱼。

黑鱼

这以后大概有五六年江月和鲍家英没有再见面。倒也不是上次的见面令江月不愉快,而是鲍家英生小孩了。她们有五六年没见,等再次见到的时候,鲍家英的女儿已经五岁了。也就是说,上次见面时鲍家英已经怀孕七八个月,平时她就长得胖,所以江月没有看出来。

江月恍然大悟,对方之所以怜悯那母狗不过是感同身受,是一种同理心。如果鲍家英当时没有怀孕呢,还会可怜那条怀孕的母狗吗？鲍家英的慈悲心因此打了折扣。但也因为此，她对跑地鸡的残忍并不是故意的，不是针对她江月的（知道她吃素还为难她）。鲍家英想吃跑地鸡也是因为怀孕，胃口大开，想吃尽天下一切活物。同样也是因为怀孕，口味很不确定难以捉摸，等跑地鸡上桌时鲍家英却只钟情于黑鱼。所以说，一切都是无常，江月更坚定了自己的想法。

无论是鲍家英还是她老公，皮肤都很白。鲍家英老公虽然长相一般，但一白遮百丑，对男人也是一样的。况且男人不靠长相。鲍家英就不同了，不仅白而且漂亮，结婚以前在单位里追求者很多。结婚以后，鲍家英在老公的服侍和喂养下开始发福，体形渐渐膨大，就像一只被岁月吹圆起来的气球。但她的那层白并没有因此消退，甚至变得白里透亮（这一点也像气球）。鲍家英本想着生完孩子身体能慢慢复原，甚至恢复到结婚以前的样子，但是没有。这也无所谓了。让鲍家英最苦恼的是那个孩子，父母皆白，孩子却黑得像个煤球，五官也随她爸爸。小鱼儿可是一个女孩子呀。

远远地母女俩迤逦而来，就像一朵大白云的旁边飘着一朵小乌云，江月立刻就明白了她和鲍家英五年没见的真正原因。后者一向喜欢炫耀,什么老公升处长啦,他们又买了什么楼盘啦,所有这些好事鲍家英都会第一时间告知江月,与其分享并庆祝。上次见面鲍家英是宣告自己要当妈妈了,但她没有直说,江月也没有问。江月被跑地鸡和怀孕的狗吸引住了,也没有唤起有关的联想。这以后小鱼儿出生、满月、过周,都不见鲍家英那边有什么动静。江月虽然觉得蹊跷,但没有深究。

"小鱼儿,多可爱的名字呀。"江月说,她也只能夸一夸孩子的名字。

"生她的时候我特别爱吃鱼,所以……"鲍家英解释道。

她们从一家农贸市场抄近路去鲍家英家。这是一个星期天,鲍家英说她要包饺子,特地请江月过来品尝的。"平时都是我老公做饭,小鱼儿都五岁了,还没吃过妈妈做的饭呢。"鲍家英说,"我也只会包个水饺。"

"原来是你亲自下厨……"

"不单小鱼儿,我老公也从来没有吃过我做的饭。"

鲍家英一改往日的倨傲,变得尤其随和。江月心想：毕竟是有小孩的人了。

"你还在吃素吧……那好那好，我今天就包韭菜鸡蛋馅儿的。鸡蛋不算荤吧？"

"鸡蛋当然是荤的，连韭菜都算。"江月说，"但我吃素不是因为信什么，只是可怜生命。韭菜、鸡蛋都可以吃一点。"

"韭菜也算荤？"

"是呀，如果抠字眼，韭菜、芫荽、葱、蒜都是荤，鸡蛋和肉类那是腥，荤腥的腥。"

"你真有学问。"鲍家英说，话锋一转，"你们这帮人是够神叨的，对不好的事情有没有破解的办法？"

江月不解，看向鲍家英，这时她发现鲍家英身边的小鱼儿不见了。"你女儿呢？"

"没事，没事，去前面的鱼摊子上看杀鱼了。"鲍家英说，"每次跟我来买菜，她都要去看杀鱼。"

这里的农贸市场是一溜大棚，两边都有围墙，墙下卖菜的摊位依次排开，中间是一条昏暗不明的走道，即使是白天也要开灯。因此虽然人头攒动，逛菜场的人很多，小孩是绝对不会走丢的。鲍家英如此放心，也是她有话想对江月说吧。倒是江月比较着急，拉着鲍家英快步走到卖荤腥肉食现宰活杀的区段。"你女儿在哪儿？在哪儿？"江月看了一圈问。

"不就在那儿吗？"鲍家英说，然后叹了一口气，"哎，也是小鱼儿太黑了，一般人看不见她。"

小鱼儿站在一只红棕色的大塑料盆边，那盆里盛满了水，满得都漫溢出来。一只橡皮水管搁在盆沿上，水流正在不断地注入盆中。几条个头颇大的鱼（准确地说是鱼影）潜水艇一样在盆底缓慢地游着。有人称了鱼，摊主就在盆边湿漉漉的水沟边上代杀。先用刀背将那鱼砸昏，使其不再挣扎，然后一面刮擦两三下，鱼鳞就雪花似的堆积到刀面上了，立起刀再来那么一下鱼肚子就被剖开了。摊主的大拇指伸进去连抠带拉，内脏肚肠就出来了。再就是鱼鳃，剜出来也很容易，颜色深红，和鱼血差不多，只有鱼泡在昏暗中有些发白。杀（兼代处理）一条五六斤重的鱼大概也就一两分钟。

小鱼儿似乎魔怔了，定在那里不动弹，鲍家英走到身边她也没有发觉。那孩子先是拍手而笑，高兴得不得了，但随着鱼肚子被剖开她就不吱声了，两行眼泪滚滚而下。轮到下一条鱼又是这样，开始时高兴不已，后来泪流满面。也的确因为她长得黑，年纪小，小不点的个子，站在那里一点也不显眼，卖鱼的摊主没有觉得碍事。

"啊,是黑鱼。"江月说。

"是黑鱼,是黑……"鲍家英小声地说,"你有没有办法破解?"

"是,是需要想办法。"

但江月和鲍家英说的不是一码事。江月说要想办法,是因为觉得小鱼儿不正常,鲍家英说的破解是因为小鱼儿太黑了。江月也看出鲍家英的意思来了,她突然灵光一现,想到这是一个劝人为善的好机会。刚这么一想,就有两个字从江月嘴巴里冒出来:"因果。"

鲍家英看着江月,眼神里充满了探究以及求助。

"这是黑鱼是不是?"江月说。

"是啊,是黑鱼。"

"你想不想吃黑鱼?"

"不想。"鲍家英说,然后指了指小鱼儿。"怀她的时候吃太多了,尽吃黑鱼了,只吃黑鱼,现在想起来都要吐。"

"是吧。"

"是什么?"

"所以呀。"

"所以什么?"

"你再仔细想想。"江月说,由于小鱼儿在场,她不方便多作解释(虽然小鱼儿专心看杀鱼,处于听而不闻的状态)。但即使江月不解释,鲍家英也大概了解了,明白了八九分。

"但,"她开始为黑鱼辩护,"那也是鱼皮黑,黑鱼肉是雪白的,做出来的鱼汤跟奶一样。"

"我们说的不就是一层皮吗?"江月回答,"里面谁跟谁不是一样的?"

鲍家英终于折服了,并且大有当下顿悟的意思,"是是是。"她欣喜地说,"你这么说我就懂了,太有道理了!"

放生

这次见面以后,江月和鲍家英的见面就变得频繁了。她们见面只做一件事,就是放生。

小鱼儿的黑和鲍家英生她的时候吃黑鱼有关,江月虽然没有直接说小鱼儿是黑鱼变的,但也就是那个意思了。她投胎到鲍家英的肚子里,给他们当女儿,是讨债来了。儿女和父母有缘,缘分无非两种,一种是来讨债的,一种是来还债的,小鱼儿显然属于前者。

在鲍家英家吃水饺的时候，鲍家英一直在问江月破解之法，后者的回答是"放生"。

她大谈放生的好处，祛病消灾，保佑家人平安，还可以加官晋爵（这一点主要是针对桌子上鲍家英的老公的），以及自己是如何放生的，如何受益的（现身说法）。又说道，在一些特殊的日子里放生的效果更佳，比如说日食的时候。总之江月就是一个放生专家，鲍家英听得入迷，也问得很详细。但无论是鲍家英还是江月，在饭桌上都没有把放生和小鱼儿的肤色联系起来说。

水饺宴之后，背着小鱼儿，鲍家英两口子自然无话不谈。因此在后来的放生活动中，鲍家英老公成了最积极踊跃的那位，这就好办了。鲍家英主导，江月是向导，鲍家英老公则跑前跑后，具体干活，三人放生小组终于形成。按照题中应有之义，他们最主要放的是黑鱼，由鲍家英老公提着两只带盖的大号塑料桶在农贸市场里采购，然后再安置在汽车的后备厢里。汽车前排和后座之间地上的塑料袋里装的仍然是黑鱼。这不禁让江月想起，多年以前她和鲍家英去吃农家乐，鲍家英也是用塑料袋装了黑鱼带回家去的。一模一样的黑色不透水的塑料袋，一模一样的携带方式，只是黑鱼的命运不再相同。当真是世事多变,一切无常呀。

黑鱼装载完毕,鲍家英老公登上驾驶座,带着鲍家英和江月去寻找一处水面。到了地方,他第一个下车,再次提起水桶向江边或者湖面走去。鲍家英和江月则象征性地一人拎着一只塑料袋,尾随在后面。

附近农贸市场的黑鱼都被三人小组买光了,他们便去更远的菜场采购黑鱼。又被买光了,于是就预订。即便预订,黑鱼也供不应求。熟悉他们的鱼贩子认定他们是开餐馆的,并且是一家专门做鱼的餐馆。自然黑鱼脱销,他们也只好买其他品种的鱼将就。

这是货源。放生的去处是另一个大问题。他们发现,凡是有水面的地方无不充斥着钓鱼的,无论是江河水沟,还是湖泊水塘,但凡有水的地方都有人钓鱼。在这些地方放生,鱼儿们终究难逃一劫,即便没有被钓鱼的人带回家中享用,也会流到(卖到)农贸市场里,大部分被宰杀,少部分被放生的人购进,再放生。在长江的一条夹江岸边,他们曾目睹如下情形:上游一波人放生,不远处的下游就站了一排人垂钓。然后又来了一些人是鱼贩子,低价购进钓鱼者的猎获,完了开着汽车或者拖拉机运走。简直就是一条龙。放生的只管放生，放了就有功德；钓鱼的只管钓鱼，钓到钓不到都很快活；鱼贩子则只管购鱼。有时候那些鱼也不会进入农贸市场，鱼贩子往回倒车开个一两百米，把鱼直接就卖给放生的了。所以说，贩鱼的也很方便。

江月说，这样可不行，如果只求心理安慰，就起不到放生积累功德的作用了。兼当司机的鲍家英的老公这时也有发现，经过观察他指出，所有这些乱象都和道路有关。放生的是开着车来的，钓鱼的亦然，购鱼的同样，但凡有水的地方，附近都停满了汽车，公路都快成停车场了。是公路或者公路网把所有这些人带到了这里，如果要让放生的黑鱼存活，必须离开公路。

放生的下一个阶段于是就变成了野外徒步。三人小组随便把车开到一个什么地方（一般是路的尽头），之后下车，鲍家英老公提着两只塑料桶，鲍家英和江月各拎一只塑料袋，满山遍野地寻找水面。越是道路崎岖人迹罕至，或者根本就没有路，他们就越是满怀希望。专找没有路的地方走，荆棘丛生或是怪石嶙峋。这样走了几次，他们发现，如今的公路网实在是太发达了，除了高速公路还有国道、省道，各乡镇之间也有大路相通，村与村之前则有村道。一概都是柏油、水泥或者砂石铺就的，可以走车，卫星导航标识得清清楚楚，甚至于细致入微。他们就像落在了一张巨大的蜘蛛网里的蜘蛛，不，是蜘蛛捕获的虫子，试图寻找一点可能的疏漏用以逃脱。现在，黑鱼们的逃生已经变成了他们的逃生，不仅感同身受，也有了命运与共的意思。功夫不负有心人，每次，他们都能找到一两处看上去还算安全的地方，荒野之中，或者四周都是庄稼地，种的是玉米、红薯甚至粟这样耐旱和古老的庄稼。一处浑浊但闪闪发光的水塘，就像时空隧道的入口一般，他们把塑料桶和塑料袋里的黑鱼统统掀了进去。

找到这样的地方，一般得走上五到十公里，带着黑鱼负重前行很不方便。后来他们学乖了，先由鲍家英老公前去侦查（空手），找到合适的地方再走回来，三人带上黑鱼再过去。对鲍家英老公来说，体力付出没有减少，反倒增加了（他要走两趟），但对鲍家英和江月而言，自然省心多了，不需要为在哪里放生而担忧。但毕竟路途遥远，风吹日晒的，江月开始为她的皮肤担心。"你们去吧。"她说，"反正是你们做功德，好处也落实在你们身上，我在车上等你们就行。"

鲍家英完全赞成,说:"那我也不去了,我和我老公是一家,你(指她老公)就代表我,代表我们一家子。我留在车上陪陪江月。"

鲍家英老公一向任劳任怨,自然没有异议,可江月不同意。"鲍家英必须去。"她说,指着鲍家英,"当年黑鱼是你吃的,现在放生它们你怎么可能不在场呢?"

鲍家英无言以对,虽然也怕被晒黑,只有打着一把遮阳伞,追随老公而去了。而这时,夫妻两个满世界乱跑找地方放生的时候,他们花重金聘请的家教正在家里哄小鱼儿做作业呢。小鱼儿已经读小学一年级了,有大量的课外作业要做。况且她皮肤黑,无法再承受旷野放生时的毒太阳。况且,这生是为小鱼儿放的,个中的缘由也不方便当着孩子的面说破。江月想起那个时空隧道的比喻,开始幻想小鱼儿一头扎进了那脏兮兮的野塘,现出黑鱼的真身。等她游完一圈从水面钻出来,已是浑身雪白,稚嫩而赤裸的身体上就像洒满了月光。

月亮果然出来了。江月从睡梦中醒来,看见车窗外,两个疲惫的人影正缓慢地向汽车走过来。鲍家英挽着她老公,后者歪斜着肩膀,鲍家英就像是挂在老公身上一样。大地一片银白。

一个结尾

从小鱼儿五岁开始，鲍家英两口子开始放生，一直到小鱼儿上小学，至少坚持了两年多。所有的节假日都用于放生，即使是工作日鲍家英老公也迟到早退，不好好上班，不禁影响了仕途。一天江月跑来告诉我，奇迹出现了。我问："奇迹何来？"我是江月的丈夫，也就是她的老公，一位专门编故事的作家。

江月说："小鱼儿变白了！放生太灵了。"

我说："别瞎说，放生是好事，但怎么可能发生这种事？打死我也不信。"

我妻子说："眼见为实，你看照片啊。"说着将她的手机递给我，手机屏上是一张鲍家英一家三口的合影。"鲍家英刚发给我的，一家人正在庆祝呢。"

照片上小鱼儿正在吹蛋糕上插着的彩色蜡烛，鲍家英和她老公一边一个，喜滋滋地看着女儿。影像摄于蜡烛被吹灭前的一瞬间，房间里的灯已经关掉了，唯一的烛光照耀着小鱼儿噘起的嘴巴。她看上去的确没有传说中那么黑，面部甚至比亲生父母还要亮堂一些。"这是美颜照吧,P 过的。"

"不是,鲍家英特地告诉我没有 P。"

"那就是因为光线,这孩子离光源更近。"

"你这人怎么这么扫兴。"我妻子不乐意了。

"好吧,好吧,就算我没说。"

第三个否认小鱼儿变白的理由我没有说,如果说了我相信江月是难以反驳的,那就是:其实不是小鱼儿变白了,而是鲍家英和她老公变黑了。你说这么些年的不辞辛苦风吹雨淋日晒,能不黑吗?相形之下小鱼儿自然是变白了。

我只是问:"他们庆祝什么?"

江月说:"为孩子庆生,或者就是庆祝她变白了……这都是一回事。"

兔死狐悲

一

张殿得了胰头癌,这是胰腺癌的一种。胰腺癌据说是癌中之王,胰头癌在胰腺癌中又最为凶险。得到消息我立马赶往医院探望张殿。和我同行的谈波跟张殿不熟,正赶上他来我工作室,我们便一起去了医院。

对张殿的现状我做了心理准备,等见到人,感觉还好。张殿本来就瘦,这会儿更瘦了。他的假牙已经拿掉,因此包裹着骨骼的面孔看上去并不那么嶙峋,反倒有一点柔和。主要是色泽,完全是亚光的,没有任何高光部分,一些隐约的黄色从灰中渗透出来。他已经无法说话,但意识清醒,眼睛偶尔转动一下,会露出大块暗淡的眼白。由于谈波是一位艺术家,我不免会从他的角度进行一番观察。

然后,我隔着被子抱了抱张殿,把头放在他的胸口好一会儿。直起身,握住张殿的一只手。那手很凉,却黏糊糊的,好像在出汗。做这些我是事先想好的,不要让张殿感到被嫌弃,得触摸他。何嫂在边上看得眼圈都红了。

她送我们走出病房,在阴暗的走廊里似乎有话要说。可能是因为谈波在场,何嫂欲言又止。我说:"下次吧,我还会再来。"但心里知道自己不会再来了。这是我和张殿的最后诀别,作为一件必须要干的事我做到了,也完成了。

从医院出来我们松了一口气。初春时节,天气特别晴朗,大团大团的白云从医院恢宏的建筑物顶部滚过。谈波提议去附近的五星级酒店喝一杯咖啡。这家酒店和这所医院一样,都地处市区最繁华的地段,透过整片的玻璃窗能看见外面来往不息的车辆,人群五颜六色。"太美了。"谈波说。

"不至于吧。"

原来我搞岔了,谈波指的并非是此刻的街景,而是张殿。他的思绪仍然萦绕在医院病房里。

他一向有一个心愿,希望能画死者的遗容。谈波说过，人在刚刚离世的那一刻，面容是最生动的。谈波曾陪伴他的岳父直到去世，经历过那个稍纵即逝的瞬间。当时他非常想拍一些照片，作为以后肖像画的素材，但到底没有说出口。画死者在谈波那里并不是因为感情冲动，纯粹是因为死者"物理性的光辉"（谈波语），在那样的氛围下提出拍照的要求显然很犯忌讳。一次我对谈波说："我死了以后可以让你画，要不要立一个遗嘱？"谈波答："咱们还不知道谁先挂呢。"

这会儿，谈波一个劲地夸张殿太美了，眼神那么舒服，垂亡让他变干净了，皮肤完全是亚光的。他的心思不言自明。

我盘算了一下这件事的可能性。首先，是张殿不治，必死无疑。这应该没有什么问题。其次，需要得到张殿的同意，至少也得通过何嫂。考虑到张殿和何嫂的为人，以及我和张殿三十多年的交情，是有很大可能性的。谈波是国内首屈一指的肖像画家，让他画一把也是一种荣耀。"你想画张殿吗？"我问。

谈波反倒不好意思起来："我……也不是……不过到时候能拍点照片也好，没准……"他说的"到时候"就是张殿死亡之际，那个光辉灿烂的瞬间了。

我答应去和对方沟通一下。"但在此之前，"我说，"你也许应该听一听张殿的故事。"

谈波表示反对，再次强调起"纯粹的物理性"来。"你画一个人，对这个人的了解越少越好。"他说。

我知道，这是绘画艺术和写作的不同，但已经刹不住了。就像张殿的面孔强烈地吸引了谈波一样，和张殿有关的故事这时不由分说地涌上我的心头，不吐不快。

下午三点多，我们不再喝咖啡，改成了红酒。那时候张殿还活着，只是他的故事已经从头开始。

二

张殿是一个早产儿，生下来的时候三斤多一点。上世纪五十年代，没有现在的保温箱，他是怎么活下来的，只能说是一个奇迹。当时家里把小棺材都准备好了。那棺材只有正常棺材的三分之一大，上面涂了阴森的黑漆，张殿一直留着。后来何嫂铺了一块格子布在小棺材上，把它当成茶几用，我们去他们家吃饭、打牌就在那上面。当然了，如果不说没有人能看得出来，还以为是一件什么古董。

没有婴儿保温箱,却有小棺材(火化还没有流行),这就是张殿出生的年代。活下来的张殿取名张点,这是他的学名,意思是小不点儿、一点点。起这么可怜可爱的名字说明了父母对这孩子不一般的感情。张点叫张殿还是我们办《甲乙》时改的,张殿觉得张点配不上主编的头衔。张殿就不同了,有一个殿字,一听就很气派。后来大家都叫他张殿了,他家里的人也这么叫他。

张殿是老巴子,上面有一个哥哥一个姐姐,和他的年龄差距比较大。张殿妈妈是一个女强人,在家里说一不二。他爸的级别比他妈高,但老头似乎很安静。张殿还没有单过的时候,我去过他父母家很多次,只见过他爸爸一两面,每次他都一晃就不见了。张殿的爸爸有点神秘,这也符合他高干的身份。

张殿妈妈是市里文化部门的领导,后来兼任《大江文艺》主编,叫张宁。这个宁不是南京的简称,是列宁的宁,是他妈妈参加地下党时起的化名。张殿随他妈姓张,还有一个姐姐也姓张,三个孩子两个姓张,可见张宁在家里的地位。

在张宁的宠爱和呵护下,张殿终于长大成人。长成后的张殿体质上没有任何问题,个子也蹿到了一米七以上。长相谈不上英俊，但绝不丑陋。如果一定要寻找特异之处，那就是身材比较细长，窄窄的一条，像一根木头杆子似的。他一直很瘦，面相比同龄人更显苍老。但也不见得。我是二十岁出头认识张殿的，他三十岁不到，如今他已经快六十岁了，模样还是那样。当然非常憔悴，那是生病了，而且已病入膏肓。

总之，张殿是一个很正常的人，如果说他有什么特点，就是正常，太正常了。

七十年代，张殿作为最后一批下乡的知青去了农村，但他一天农活也没干过。家里疏通关系，他当了半年民办教师，不久就结婚了。女方也是一名知青，家里和张殿家是世交，如果不出意外，他们很快就会有小孩，张殿的民办教师也会变成公办的，也就是国家编制。

七八年改革开放，中国社会发生了巨大的变化，张殿也不例外，也得变，原先预订的人生轨道不管用了。他进厂当了一名工人，而且也离婚了。我认识张殿的时候他是单身，但不是未婚青年，是结了婚又离掉的人，在一家无线电厂上班。

张殿是否考过大学，我没有问过。比如钱郎朗，就是考过大学的，没有考上，只差了一分，第二年就懒得再考了。胡小克报考的是艺术类院校，专业课没有过，第二年又考了一次。我怀疑张殿根本就没有考过大学，因为没有那样的必要。鉴于他的家庭背景，他不存在借机改变命运的问题。当时张宁已经开始担任《大江文艺》主编，我们办《甲乙》之所以拉上张殿，就是因为张宁是主编。妈妈是主编，主编的儿子自然对办杂志在行了。虽然我们办的是地下刊物，张宁当年不就是地下党吗？

我也是从这时起，和张殿的接触才变得频繁起来，因此对他的前史只能说出个大概。而在办《甲乙》之后，可说的故事就多了，需要进行挑拣。也是说个大概，但此大概非彼大概，前者是概略的意思，后者的实质是剪辑，具体而微，却不可能面面俱到。

《甲乙》的同人中张殿是唯一不写作的。他负责跑印刷，联系打字、看校样，也掌管财务。所有的参与者都出了钱，包括张殿，每人一百元，这些钱都放在张殿那里，由他支配。杂志迟迟不见出来，于是就有人怀疑张殿贪污。一次在我家里聚餐，我对他说："这件事能办就办，别拖了。"

"你办不成的话就把钱退出来，"钱郎朗说，"难不成你要挪用公款?"他大概是想开一个玩笑,但没有开好,张殿当时就哭了。菜已经上桌,张殿吧嗒着眼泪,哭得就像一个小姑娘一样,肩膀一耸一耸的,委屈得不得了。

"你多大了,哭什么哭啊。"胡小克说。

张殿起身夺门而出,我赶紧追了出去。好在他下楼的速度不快,仅仅走了一层楼梯就被我赶上了。在那不无局促的楼道里我拦住张殿,又劝又拉,一面赔不是。就像两口子吵架一样,惊动了左邻右舍。"这样影响不好,我们回家再说。"

他竟然真的跟我回去了,回到饭桌上继续啜泣。这是我没有想到的。大概就是从这时起,我对张殿有了一种说不出来的感受,内疚?或者是怜悯,也许还有感激吧。如果是一个个性刚强的家伙,一去不返,那杂志就办不成了,我们的文学事业岂不就受损了?

《甲乙》终于出来了。由于张殿不写东西,他的工作又必须在杂志上体现(没有功劳也有苦劳),所以大家决定,由张殿署名主编。张殿也不推让,只是把他的名字从张点改成了张殿,也算是他在杂志上发表了作品。

张殿到底写不写东西?或者,写没写过东西?这就难说了。那年头,只要是个识字的人都会写作,搞一点文学创作。但《甲乙》是有标准的,而且标准很高,作者来自全国各地,都是在审美上互相认同的"同代人"。这一点想来张殿是知道的。我们不是因为彼此认识才开始写作的,而是,因为写作才彼此认识,办了这本《甲乙》,和其他办杂志的文学社团大为不同。张殿也许写过东西,但不敢拿出来给我们看,知道即使看了我们也不会同意发表在《甲乙》上。这是张殿的聪明之处,也是他本分的地方,为此真得感谢他。作为一家享誉全国的官办杂志主编的儿子,又是《甲乙》的主编,张殿从来不谈文学、写作方面的事,也确实令人钦佩。

《甲乙》的出刊在江湖上引起了空前反响,所有的文学社团都知道了张殿的名字,说起《甲乙》就知道是他主编的。就是在这一时期,张殿第二次结婚了。也就是说,他在忙《甲乙》的同时也在忙他的个人生活。张殿忙的后面这一部分,我们知之甚少,新娘子我们没有见过,也没有参加过他们的婚礼。突然之间,张殿就携夫人去外地旅行结婚了。目的地四川,中国当代诗歌的重镇。有一种说法是,四川是当代诗歌的半壁江山,张殿选择那儿显然是故意的。他以《甲乙》

主编的身份拜访了川中的各个文学社团，对方也奔走相告，忙于接待，好吃好喝是免不了的。张殿如何和这帮人谈文学，谈诗歌和写作，则是一个谜。但至少他们比我们幸运，见到了张殿的新夫人。

张殿载誉归来，我们又聚齐了。他仍然是一个人，不见新娘子，张殿就像压根儿没结婚一样。奇怪的是，我们也没有问。问了他去四川见到的那些文学社团以及人物，但没有问张殿的私生活。就像他去四川完全是一次公干，是为《甲乙》联络其他民间写作力量的。即使是限于工作方面，张殿也语焉不详，不知道他到底进行了哪些外交。但张殿说了一件事，给我的印象颇为深刻。

在"大汉主义"诗派第一诗人西岭家留宿时，张殿半夜失眠，起床抽烟时发现窗帘背后立着一件东西，一具八岁小孩的骨骸。

深更半夜，张殿乍醒，披衣来到窗前，一撩窗帘，竟然看见了这么一件事物，实在是太非现实了。他对着窗外抽烟时，那小孩大概也是面向窗外的吧？由于此事过于瘆人，我没敢多问细节，只是说："也许是一件工艺品，不是真的骨骸。"

"就是真的骨骸。"

"那你怎么能判断他的年龄,这不合逻辑。"

"我就是能判断,就是八岁!"张殿有点急眼了。

为了缓和气氛,我说:"呵呵,那你那小棺材能装得下吗?"

"应该可以。"张殿说。

后来,我有机会见到西岭,问起这件事,西岭矢口否认:"我有那么变态吗,要吓唬你们张主编?"所以我有理由认为,那不过是张殿的一个噩梦,但张殿非常认真,也不像在撒谎。

张殿的新夫人我们始终没有见到,此事也不急在一时。你想呀,张殿是要和她过一辈子的,我们也是张殿一生的朋友,他老婆早晚是要见面的。没想到,不久张殿又离婚了。具体原因不详。张殿似乎也没有受到多大影响,也许烟抽得更多了。以前每天三包烟,后来他能抽到四包半,并且这个烟量一直没有降下来。张殿双手手指鼓凸,像十根小棒槌似的,说是得了脉管炎。那脉管炎后来不治自愈,大概是适应了。他的第二任夫人真的存在过吗?就像是张殿为周游四川临时雇佣的,一旦归来便自动解聘了。无论如何,张殿现在是一个结过两次婚的人,两结两离。而我们这些人,有的刚刚结婚,有的甚至连女朋友都没有……

三

为谈波画张殿的事，我去了一趟张殿家。张殿自然不在，这会儿正在医院里躺着呢。何嫂准备出门去医院，见我来她就不走了。我说："我们可以边走边说，我送你去医院，照顾张殿要紧。"

何嫂不答，把出门带的小包往沙发上一扔，自己也往沙发上一坐，说道："都是他自己作的,早死早好！"

就像我是这套房子的主人，何嫂是登门拜访的客人，她有话要说。这就好办了。

卧室的门关着。何嫂说："画画在里面做作业，没事，她听不见。"然后就哭起来。张画画是张殿和何嫂的女儿，算起来已经有十多岁了。

我把纸巾盒递给何嫂，又去厨房里烧了开水。张殿家我太熟悉了，虽然已经有好几年没有来，好在陈设、日用一成不变。"他这是吃……吃壮阳药吃的！"何嫂说。

见我面露惊异之色，她又说："你别想偏了，那可不是为我，我、我们早就没那事儿了。"

我明白了。

何嫂起身，走到那口现在已经当柜子用的小棺材前面，挪走上面的办公物品，要打开给我看。

"不必了，不必了，"我说，"我来，我来……"

"我回家收拾东西，竟然搜出了这些玩意儿，藏在里面，整整一棺材！"

等打开小棺材，里面是空的，板材内面没有上漆，天然木头颜色，怎么看都不像六十年前的旧物，就像新打的。这是我第一次目睹小棺材内部。

"空的。"我说。

"我把那些恶心的东西都给扔了！"

我只好想象了一下那里面装满了壮阳药的情形。但那是一种什么样的情形呢，真不好说。"也许，装的不是壮阳药呢？"

"怎么不是，我又不是不识字，上面有说明书。"

"也可能是张殿的货，不是他自己用的，张殿不是卖过盗版碟吗……"

"怎么不是他自己用？"何嫂说，"老皮，我不是发现他藏了东西才知道他有人的，三年前我就知道了，在外面玩能玩出什么花样来！"

三年前，何嫂就发现张殿外面有情况。这三年，他们基本上是各过各的。何嫂没有像当年那样走极端，是因为有画画了。她只做自己和画画的饭。张殿成天不着家，一日三餐都在外面吃。说到这里，何嫂心软了。"壮阳药，还有摊子上那些乱七八糟的东西，吃了能不伤身吗？快六十岁的人了……不是我不照顾他，是他不要这个家……"她再一次哭得不能自已，我听出这哭声中有了悔意。

说服何嫂有一个前提，就是她得承认张殿不治。何嫂和张殿在一起也快有二十年了，即使张殿有错，夫妻间的恩情也是免不了的。我抽出几张纸巾递给何嫂："嫂子，你还是要做最坏的打算，这胰头癌……"

"我知道，我知道，"何嫂边擤鼻子边说，"他是好不了了。"

"对对对，哦，不不不，"我说，"我的意思是我们要做最大的努力，但这病还是太棘手了，即使发现得早也不见得……张殿今年多大，五十八还是五十九？对现在的人来说是年轻了一些，但如果是六千年前的半坡人，平均寿命也就三四十岁。我们下放的那个村子，两百多口人，活到八十岁的几乎没有，六七十就已经算老人了……对你和画画当然不公平，如果单说张殿，我觉得也够本了……"

何嫂频频点头，看来是听进去了。

我继续,"再说了,张殿是一个早产儿,那会儿又没有什么保温箱,能活下来就是赚的。张殿和我们不一样,怎么活他都赚大发了,比死过一次的人还要牛逼,他是没开始活就已经死了,死了以后又开始活……"我都不知道自己在说什么了,然而不能停下。何嫂已经彻底安静下来,能听见日光灯管发出的刺刺的电流声。

"张殿所有的这些特点、脾性都和他的出生有关,嫂子,咱们可不能和他一般见识,你说呢?"

何嫂深深地叹了一口气,说:"你知道吗,张殿隐瞒了岁数,当年进厂当学徒,年龄超标了,他们家人就把户口本上的年龄改小了两岁,实际上今年他整六十。"

披露隐私事小,说明何嫂已经站到了我这边,被我说服了。她是在支持我的理论。我一拍小棺材,说道:"对呀,六十岁,对一个根本不可能活下来的人来说意味着什么?不仅够本,他压根儿就没有本,无本生意能做成这样真的太牛逼了……你不应该感到难过,接受不了,应该为张殿高兴,祝福他……他这辈子吃过什么苦?尽享福了,虽然没有大富大贵,还摊上了你这么一个好老婆,有这么一个可爱的女儿……"

这以后一切顺利，我不失时机地提出了谈波画张殿的可能性，何嫂没有犹豫就答应了。"我无所谓。"她说。不过何嫂表示要问一下张殿。如果仅从操作的角度看，张殿同不同意事情都一样进行。到了这会儿，我已经不好意思再去说服何嫂了。

张殿认识何嫂是在创办《甲乙》期间，后者是某单位办公室的打字员。《甲乙》第一期是油印的，需要打字，不知怎么的张殿就搭识了何嫂。但张殿的第二次婚姻并没有选择何嫂，他把她当成了"备胎"。

等待消息期间，我接到一个电话，是袁娜打来的，她也是我们在那一时期认识的。《甲乙》出刊后不久，一天我乘公交，看见站牌下面一个女孩正在翻阅《甲乙》。"你看的杂志是我们办的！"我奔过去拉住对方的手，这一拉就拉进了我们的圈子里。

小姑娘还在上高三，青春靓丽，立马就成了这帮人追逐的对象。袁娜态度不明，在圈内配对的事于是就拖延下来。有迹象表明，张殿的第二任夫人是张殿在袁娜那儿碰壁后的选择，也并非他的首选。两人的年龄差距太大，张殿也等不及。

后来，不，后来的后来（时间真的过得太快了！），大家都结婚成家有了着落,张殿仍然和袁娜保持着往来。那会儿张殿也已经和何嫂结婚了,袁娜则结婚、离婚、改嫁,对方是一位台商。她变得很有钱,自己也下海做起生意,我们在张殿家打牌的时候,张殿仍然会叫上袁娜。后者每叫必到。张殿会说:"袁娜是冲老皮来的,她对老皮有情结,就像我对她有情结一样。"

我当时自然也结婚并且已经离婚了,离婚后又有了女朋友。和袁娜我始终保持距离,从来没有主动约过对方。她也从不主动联系我,我们见面只是在张殿家的牌局上。袁娜也会当众说笑,比如:"当年我要是嫁了皮坚,也不会有这么多挫折了。"我答:"你如果嫁给我,这会儿我们也该离了。""是啊,还不如不嫁,否则连面都见不上。"

有一阵袁娜不再出现,张殿通知我们说,袁娜生病了。并没有人太在意。病了也就病了吧,反正还年轻,再重的病也会好的。直到有一天,张殿把我关进了他们家的厨房,郑重其事地代表袁娜向我提出一个请求,就是"托孤"。事情变得严重了。

袁娜患有先天性心脏病,缺少一个什么瓣,这事我们以前就知道。年轻的时候气血旺盛,她的皮肤白里透红。随着年龄的增长，袁娜变黑了，她的解释是，心脏供血不足，缺血所致。我们认为那不过是托词，不是说黄脸婆黄脸婆嘛，变黑是因为她老了。这话自然谁都没有说出口。最后几次来张殿家打牌，袁娜黑得就像一道影子，苍老的速度的确是太快了一点。她决定去英国做一个有关的手术。

这是一个大工程，先得租一处房子在英国住着，然后要学习英语，一面学英语一面体检、排队。袁娜估计，整个过程得花上三五年。她和前夫有一个儿子，大学快毕业了，即将面临就业问题。袁娜托张殿带话给我，希望我帮他找一份工作。张殿夸大其词，将此说成了"托孤"。

"她这不是去治病，而是去美容，"我说，"去去就来的。"

张殿很认真。"英国虽然是这项手术的发源地，但成功率也不能保证百分之百……"

"我就奇了怪了，就算袁娜要托孤，也应该托给她前夫呀，我又没什么人脉，怎么帮她儿子找工作？"

"你还当真了，"张殿说，"她不过是想告诉你这件事，也许就一去不返了。"

"即使要道别，她也应该直接打电话，干吗非要通过你不可?"

"袁娜要托孤,干吗不托给我呀,非得托给你不可?"这是张殿的疑问。那天他显得尤其愤愤不平,感觉都快哭了。

现在,袁娜打电话给我,约我见个面,她已经从英国回来了。

我们之间的桌子上放着一壶菊花茶。袁娜果然已经不黑了,说明手术相当成功,面对我的完全是一张新面孔。就像对整容女我抱有偏见一样,看着手术后的袁娜,我皱起了眉头。依我看,她还不如不整呢——哦,不对,不如不做这个手术。脸上的气血是恢复了,颜色变淡,但那些细密的皱纹一下子全都暴露出来了。尤其是脖子,垂挂着鸡皮一样的赘肉,在袁娜还是黑着的时候是看不出来的。

我没有问,她去英国为什么要让张殿转告,这次见面却没有通过张殿。问这些已经没有意义,我也提不起精神。我们甚至都没有提到张殿,提到他的病。也许袁娜已经知道了,也许不知道,谁知道呢?

交谈的主要内容还是张殿家的牌局。袁娜不无兴奋地说:"现在我可以找你们打牌了,就像以前一样,一打一个通宵。什么时候约一下呀。"

"好呀好呀,"我说,"你回来了就好。"但心里知道,这样的事已经不可能了。

四

何嫂打电话给我,说:"也就这几天了。"

我立刻就明白了。何嫂当然不是向我通报张殿的病情发展(我和张殿的交情还没到那分上),这是在让谈波做好准备。"这么说,张殿没问题?"

"没问题,他愿意。"何嫂说。

我不禁大为感动,放下电话就去找了谈波,让他准备好相机,这几天不要外出。除此之外,似乎还有一些操作方面的细节需要当面接洽,比如,张殿一旦不治何嫂是联系我还是直接通知谈波?拍照的地点是在病房,还是在医院太平间?殡仪馆自然不考虑,死亡的时间太长尸身会发生一些变化,那样的面容不是谈波需要的。如果是在病房里,谈波又有多少时间?张殿的亲人,哥哥或者姐姐会不会出现,并加以阻挠?医院的医生、护士需不需要打个招呼?要么,谈波就带着相机去病房里守候,等待那一刻的到来。这样做未免太过残忍,而且,那个神秘的时刻是谁都说不准的……

商量的结果,是我们决定再去探望一次张殿。除了和何嫂落实有关的细节,也需要向张殿致谢。他亲自答应了这件事,在我的意料之中也在意料之外。张殿到底是一个什么样的人呵,竟然同意了!我得好好瞅一瞅这个再度变得陌生的朋友。

钱郎朗说过一件事。他舅舅临终之时留下遗言,不得瞻仰遗容。钱郎朗舅舅的说法是:"不要让人家看见我的丑样子。"令钱郎朗印象极为深刻。家属并没有遵照死者的遗愿,当钱郎朗回老家奔丧,还是看见了舅舅的"丑样子","嘴巴张得老大,里面黑咕隆咚的。"这是钱郎朗的说法,令我印象极为深刻。当时我们都表示,死了以后决不要任何人看见自己的丑样子。我们在张殿家里打牌、吃饭,张殿也表达了和大家同样的意愿。无论如何,他的立场现在已经转变了。

第二次探望张殿和第一次的情形几乎没有差别,甚至也看不出张殿有多大变化。病房床头柜上仍然放着心电监护仪,张殿的鼻子里仍然插着管子,还在打吊瓶。他依然清醒,用眼神和我们打招呼。我抱了抱他,拉着他的手抚摩了一会儿。不同的是,当我放下那只手,谈波走上前,再次捡了起来。谈波握着张殿的手,似乎还晃了一晃,同时他说:"谢谢。"

我们告辞,何嫂送我们来到走廊里,三个人站着交谈了一会儿。谈波和何嫂互换了电话、微信,何嫂答应第一时间给谈波打电话。然后我们就乘电梯下楼了,来到外面。我和谈波仍然去了第一次去的那家酒店。这一次没喝咖啡,直接要了红酒。时间是下午两点,比上次更早。

我一面晃动着酒杯醒酒,一面说:"这才两次就形成规律了,先探视,然后喝上一杯。"

谈波说:"希望还有第三次、第四次。"

"你不想画张殿了?"

"想呀,"谈波说,"比上次更想画这哥儿们了,但也不急在这一时半会儿。"

"为什么更想画了?"我问,"是不是因为更了解了,觉得张殿值得一画。"

"不是不是……"谈波赶紧否认。

"你就承认吧,其实画画和写作是一样的,知道得越多越好,虽然不一定用得上。这和你的'物理性光辉'并不矛盾。"

"也许吧。"谈波说。

五

第二次离婚后,张殿再次向袁娜展开攻势,未果。他也没显得特别沮丧。那时候他已经在厂里办了留职停薪,有大把的时间。张殿似乎很忙,问起来,他说是在谋生活,和人合伙做点小生意,或者正洽谈一个项目,但我们从来不知道具体他在操练什么。张宁也不催问,张殿的一日三餐都是在父母家解决的。至于住,则有上两次婚姻留下来的"新房"。那房子是张宁单位分给张宁的,房改时她花八千块钱买了下来,之后就划到了张殿名下。新房里只缺一个女主人了。原来是有的,但就像他们家雇佣的保姆一样,干了一段就走人了。如今,房子是永久性的了,女主人自然也应该是永久的。

大概就是在这一时期,张殿想起了何嫂。他的内心活动我们不得而知,只知道张殿开始注意自己的形象。

前文说过,张殿长得不丑也不俊,他有一个特点,就是有一口黑牙,门牙既长又黑,还有一点向外龇。张殿的牙齿是抽烟熏的,一天四包香烟,又不好好刷牙,那牙能不黑吗?香烟不仅熏黑了张殿的牙齿,他年纪不大,满口的牙已经松动,开始掉牙了。张殿四十岁不到,就掉牙这件事而言毕竟早了一点。张殿说,那是因为自己是早产儿,先天不足,能长出牙齿并坚持到现在他已经非常努力了。提前掉牙是必然的。总之,关于张殿的牙口有两种不同的观点,一种认为是香烟熏的,一种认为是早产儿的后遗症。我认为是两种原因共同在起作用。突然有一天,张殿就去换了一口假牙。

他有半年时间闭门不出,也不见人。再出现的时候是在我们常去的一家咖啡馆。咖卖隆的女老板涂海燕见过张殿,但和他不熟,指着对方说:"牙,牙,牙……"其他的话都说不出来了。

事后涂海燕对我们说:"当时我就想,这个人的牙齿不是这样的呀。我是因为他这口假牙才想起了他以前的真牙,那么长,又黑,怎么会……"

在咖啡馆闪烁不定的烛光下,张殿亮出一口大白牙冲涂海燕乐个不停,的确相当怪异。当然了,这只是一个段子。

我认为,换牙后的张殿选择在咖卖隆露面是故意的,是他的一次试探。他已经瞄准了何嫂,那时候还叫何雪梅。何雪梅和涂海燕一样，认识张殿，和他打过交道，但并没有特别关注对方，尤其是他的牙齿。这些情况张殿比谁都清楚。即便如此，张殿还是去换了一口假牙，说明他打定了主意，背水一战或者势在必得。

咖卖隆"首秀"之后，张殿又是两个月闭门不出，窝在新房里不干别的，只是抽烟，饿了就喝稀饭就点咸菜。直到把一口假牙也熏黑了，就像真牙一样。自然比原来的真牙更美观，非常整齐，不再向外龇出。带着这口像真牙一样的假牙，张殿再一次出现了。这回是何雪梅所在的单位。

何雪梅没有涂海燕那么敏感，再说那口牙已经不再白晃晃的引人注目。从追求到恋爱到结婚，张殿始终没有向对方透露牙齿的秘密。下面的事是何雪梅成为何嫂之后告诉我们的。

新婚之夜，张殿实在忍不住，哗啦一下取下了他的假牙，丢入床头柜上的一杯清水中。何嫂吓得半死，但生米已经煮成了熟饭。何嫂说她哭了半宿，最后，还是端着杯子去了卫生间，开始帮张殿清洗那可怕的牙齿。这以后刷张殿的假牙就成了她每天早起的必做之事。张殿取下假牙"哗啦一下"的说法，并非出自何嫂之口,是我的文学加工。何嫂之所以能和我们公开谈论这件事,说明了开始阶段他俩过得不错,何嫂把张殿的朋友也当成了自己的朋友。

从八十年代开始,我们就玩一种叫"找朋友"的扑克。基本打法和"争上游"一样,只不过是两副牌,而且有对家。对家不是固定的,由摸到红桃3的人指定,拥有某张牌的就是他的对家,也就是"朋友"。由于朋友是暗的,我们往往把朋友当成敌人,把敌人当成朋友,这便是找朋友的精髓所在。大家尔虞我诈,表演卖乖,唯一的目的就是骗住对方。关于找朋友还有更多的规则细节,在这里就不一一说明了,总之这种玩法不需要智商和技术,或者说智商、技术不是第一位的。关键是运气,它的优点就是热闹。

我们的心思完全不在牌局上,打牌只是一个借口,在洗牌、摸牌、出牌的间歇,大家闲话不断,相对于牌局而言早已经离题万里。也有小刺激。八九十年代十块钱进园子,到了新世纪,收入都提高了,也有人成了大老板,但每次的输赢也就几十元,最多不超过两百元。一年打下来,几位经常参加打牌的"硬腿"几乎不输不赢(我们有专门的账本),一年的牌算是白打了。

找朋友是名副其实的集体活动。四个人可以玩,但没什么意思。一般是五到六个人玩,不得超过六人,也不能低于五人,五个人最好。因为比六个人炸弹多,分成两拨的双方人数不是均等的,也更利于隐藏。要知道,找朋友最具魅力的部分就是伪装和揭露伪装……

找朋友我们一玩就是几十年,成了某种圈子游戏。而在圈子以外,扑克的玩法随时代的变化而变化。升级、拱猪不说了,后来是跑得快、锄大地、斗地主,如今大概已经是全民掼蛋了吧。按说,这找朋友也应该成了古董,之所以能够一脉尚存和张殿、何嫂的婚姻有关。当年找朋友流行的时候,我们打牌没有一个固定的地方,当找朋友趋于下市,他俩结婚了,也就是说何嫂搬进了张殿的"新房",成了房子里的女主人。我们去张殿家打牌,不仅是找朋友,而且有吃有喝。每次何嫂都亲自下厨,我们只要自带酒水就可以了。有时也不带,何嫂就去楼下的小店买散装啤酒以及可乐雪碧等饮料。由于打牌的都是"老人儿",玩法自然不变。无论外面斗地主斗得如何热火朝天,掼蛋掼得如何响彻云霄,只要去了张殿家,只能找朋友。

比较稳定的参加者称之为"硬腿",分别是我、钱郎朗、张鹏,加上张殿两口子,正好五个人。这是找朋友固定的核心成员,随叫随到,从不含糊。有了这个核心就好办了,就能在漫长的岁月里得以持续、进行。顺便说一句,我们的圈子以前是围绕《甲乙》而有的,后来逐渐演变成了找朋友的圈子,写作上的同人也变成了生活中的朋友。比如张鹏,我的小学同学,就从来没有写过东西。

除了硬腿,有时也会有来串场的(偶尔来一次,或者不是每次都来),比如袁娜、涂海燕、谈波,都曾经去张殿家打过牌。找朋友如果多出一人,何嫂就不上桌,还是五人的最佳组合。如果多出两人,张殿也不打,站在新手后面进行指导,还是五个人。如果多出三个人,我们就六个人找朋友,虽然不如五个人过瘾,但也可以勉强进行了。总之人不怕多,就怕不够。后来张殿南下去投奔胡小克了,五条硬腿就少了一条,好在涂海燕及时增补进来,问题才算得以解决。涂海燕开着咖啡馆,生意时好时坏,因此按钱郎朗的话说,"涂海燕这条硬腿并不很硬"。

"什么硬不硬的,"涂海燕说,"说得真难听!"

"老朗是想说,他的最硬。"张鹏道。

九十年代初，胡小克不写作了，下海去了深圳。不久，他有了自己的公司。过年回南京看望父母，被我叫到张殿家去打牌，应该就是那一次，两人接洽了张殿去深圳的事。胡小克对张殿进行了考察。得出的结论是，为人谦逊（坚持把打牌的机会让给了他）、热情（招待大家吃喝），话也不多（不像钱郎朗那么能说）。再说了，张殿毕竟是《甲乙》的署名主编，和胡小克算是一起共过事。但我还是认为，胡小克接受张殿主要是因为我，前者和我的关系远胜于他和张殿的关系，是看我面子。

张殿去了深圳，张殿家的找朋友照常进行。每星期大概有一次。有时候实在凑不足五个人，我们也不会四个人玩，那就聊聊天。何嫂的招待更殷勤了，饭菜更加丰盛，每次聚会都像过节一样。聊天主要是聊张殿，后者不在场，他的老底儿正好被我们翻腾出来，说给何嫂听，算是对她款待的一个报答。何嫂也会说一些我们不知道的张殿的事。比如，这人不怕热，夏天无论怎么热都不会吹电扇，晚上睡觉一条毯子裹得严严实实的，而且还不出汗。新婚之夜张殿取下假牙的事，何嫂也是那会儿说的。但无论怎么涉及隐私，大家都是有底线的。张殿追求袁娜未遂的事我们就没有提起过，何嫂也没有问。有几次实在缺人，钱郎朗还打电话叫了袁娜。打牌过程中，钱郎朗故意开我和袁娜的玩笑。其实完全没有必要。何嫂和张殿虽然算不上老夫老妻，但已经过了刨根问底追究过往的阶段，即使知道张殿追过袁娜，何嫂也不会在意的。她就是这么一个人，对张殿所有的朋友，无论男女都有一份善意。这也是我们总喜欢往他们家跑的主要原因。张殿不在家，但那还是一个家，宾至如归的感受是何嫂带给我们的。

甚至，张殿不在让我们的感觉更好。这个家，一切如常，料理得井井有条，而家里面的男人正在外面奋斗、讨一家人的生活。不禁给人以希望之感，时空也顿时扩大了一倍。我们正在打牌，张殿会把电话打过来，我们说："老殿，我们正在你家打牌呢！"张殿说："我在加班，最近赶一个项目，忙得不得了。"就是这样的感觉。后来，张殿不怎么打电话了，何嫂就把电话打过去。张殿仍然很忙，在赶下一个项目。

又到春节了，张殿回南京过年，我们相约去他家里打牌，顺便看望一下荣归故里的哥儿们。胡小克也回了南京，我拉他一起去张殿家，每次都被对方婉拒了。整个春节期间，我们去张殿家大概打了三次牌，我都约了胡小克，一概被他借故回绝。于是我就想，胡小克是否觉得不合适？以前，他只是张殿或者我的朋友，去张殿家打牌没有负担，而现在他是张殿的老板，去下属家打牌也许忌讳。我没有做公司的经验，不知道有关的规矩。最后一次，我问胡小克是不是这个原因，"不是，"胡小克说，"我就是不想见到这个人。"

"为什么呀？"

"在深圳每天见面都见烦了。"

再追问下去，胡小克就不说了。

"你这次回来，咱们还没有见过呢，我你总得见一下吧。"

"那行，只要不去张殿家。"胡小克挂了电话。

六

胡小克公司的主要业务是制作建筑模型。干这活有一定的技术成分，但也不难学，一般跟一周后就可以给老师傅充当下手，磨一块有机玻璃，或者在沙盘上粘一小片泡沫塑料的植物。张殿不屑于这些，成天抱着一杯茶在厂房里东游西逛。由于他的年纪以及和老板的关系,大家都不好说什么。胡小克也不好意思批评张殿。公司里多一个人吃饭,集体宿舍里多一个人睡觉,每月的工资单上多一个人领工资,胡小克也无所谓。后来,张殿竟然不来公司了,只是吃饭、睡觉,领工资时有这么一号人,就是不在干活现场出现。这胡小克也忍了。可恨的是,张殿居然爱上了发廊,领了工资就去洗头,工资花完就向同宿舍的小伙子们借钱。有时候也领着他们一起去耍。问题虽然严重,毕竟是风言风语,胡小克依然不能发作。

这天,胡小克加班到很晚,快早晨的时候才从公司所在的大楼里出来。天蒙蒙亮,他拐过一条街,就在巷子的口上看见了一个人影。不,是两个人影。张殿背对胡小克,正用一条毯子裹着一个发廊妹,后者也是站着的,因此看上去就像一个人。张殿和发廊妹正在吻别(大概厮混了一夜),恶心肉麻就不说了,关键是张殿也认出了胡小克,并且说了一句话。

"这是我们公司的老板,胡总。"这么说的时候张殿仍然抱着发廊妹。

胡小克一声没吭地走过去了。

"他这是要干什么!"胡小克说,"难道是想拉上我一起嫖吗?!"在我的工作室里胡小克终于发作了。

他怒不可遏,在房间里走来走去。"你一个人偷鸡摸狗也就算了,干吗扯上公司,扯上我!"

"你怎么能断定那女的是发廊妹,也许是良家妇女呢。"我想开一个玩笑。

"这我还不知道,"胡小克说,"我们公司附近就有几十家小发廊。再说了,就是良家妇女也不行,我怎么向何嫂交代?"

过了一会儿,胡小克气息稍定,坐回到椅子上。"话又说回来,如果张殿把发廊妹只当成发廊妹也就算了,你是没看见他那副嘴脸,整个一热恋状态,太过分了!"

"你没有找张殿谈过?"

"没有。"

"到现在都没有谈过?"

"没有……"

最后我建议胡小克辞掉张殿,这是唯一解决问题的办法。为了张殿本人的安全,也为了公司管理(否则,他会带坏小伙子们),更为了何嫂经营的这个家。"你不要考虑我,也不要考虑当初办《甲乙》的事,当断不断反受其乱。"

胡小克点头答应,但看得出来,辞掉一个人在他不是一件轻松的事。

节后，胡小克和张殿分别回了深圳（回来的时候也是分头走的）。我打过几次电话催促胡小克，问他辞张殿的事。胡小克说："最近还行，张殿固定了一个，就是上次我碰到的那个，好像叫小娟……"

"那也不行，"我说，"我不是老板，如果我是老板早快刀斩乱麻了。难怪你的生意做不大，太柔和了，诗人的毛病要改改了。"我想刺激一下胡小克。

终于有一天，胡小克主动给我打了电话，说事情刚办完。电话那头他带着哭腔。在我追问下，胡小克承认他的确哭了。"至于吗，不就是辞了一个人吗，辞了张殿？"我说。

"我还打了他。"胡小克叹息道。

胡小克说，他专门提了一笔现金，是张殿半年的工资。他把钱堆放在桌子上，这才叫来张殿，对他说："你走吧，这是给你的补偿。"胡小克没有说任何理由。

张殿没有问为什么，大概知道，无论是什么理由或者没有理由，胡小克作为老板都有权让他离开。他从胡小克推向他的那堆钱中拿起一张，傻不棱登地看着，另一只手上正好攥着打火机。张殿烟瘾大，平时烟不离手，准确地说，是打火机不离手。他自有一套理论，经常说，有烟无火是最促狭的，比有火无烟可怕多了。这里面的逻辑暂且不论，反正是他的经验之谈。那天张殿的手上一如既往地攥着打火机，并且打着了，很可能没有烟，或者仅仅是另一只手上捏着一张钞票。鬼使神差一般他就把钞票点着了。点着之后，张殿的思路才跟上了趟，明白过来自己在干什么。他一边烧钱一边说："有钱有什么了不起的！"

这话让胡小克伤心了，他想起自己放着写作这样纯粹的事不干，远离家乡来到深圳，辛辛苦苦地办公司挣钱，太不容易。都说吃屎容易挣钱难，看见对方如此对待他的宽容和好意，完全是反应式地（想都没想）他抬手就给了张殿一耳光。这耳光把两人都打愣了，张殿哇哇地哭起来。看见张殿哭了，胡小克不禁百感交集，也流泪了。两个大男人，一个三十几岁，一个过了四十，相对而坐，哭得稀里哗啦，事情就是这样的。我在想，离张殿上次痛哭也已经有十多年了吧……

胡小克说，张殿刚刚离开他的办公室，那堆钱还在桌子上放着。

"辞了就好。"我说。

"这钱怎么办？"

"要不，我向何嫂要一个账号，你打到她卡上？"

胡小克想了想说："算了，我还是打到张殿的工资卡上，估计他回南京连买飞机票的钱都没有。"

张殿离开了胡小克的公司，但并没有回南京，而是投靠了在深圳认识的一些狐朋狗友，干起了倒卖软件和影碟的勾当。干这活儿不像做模型，不需要技术，他干得顺风顺水。关键是张殿有热情。他终于找到了自己的事业，或者说有了这样的感觉。张殿当过民办教师，在工厂当过工人，和人合伙开过皮包公司，后来又去胡小克的公司打工。对了，还参加创办了文学杂志《甲乙》。但从来没有像倒卖软件和影碟那样，觉得是自己想干并且是能干的事，而且干出了名堂。其标志就是张殿开始往家里寄钱了。

何嫂知道张殿离开了胡小克的公司（原因应该不清楚），也知道目前老公干的事儿有一点不合规矩，但寄给她的钱是实实在在的，因此也不多问。

春节归来（又到了春节），张殿托运了两只大箱子，里面装的都是软件和影碟。张殿献宝似的献给何嫂，并一再嘱咐要收藏妥当，不要告诉任何人。这些软件、影碟数量之巨，当然不是供张殿夫妻私下消费的，张殿在转移赃物还是准备开拓南京市场就不知道了。也许他计划把生意逐渐转移到南京,两人常年分居的确不是长久之计。

何嫂嘴严,张殿就不一样了。一次我们去他们家打牌,张殿说:"还打牌啊,你们就不能玩点别的?"

"别的?"钱郎朗问。

"你们在深圳都玩些什么?"张鹏说。

张殿没有回答,招呼何嫂搬来他从深圳带回来的录像机,拆开包装后极其熟练地连接电视。调试电视时他对何嫂说:"拿几张碟来。"

何嫂很为难,说:"都在箱子里,箱子……"

"那就开箱子。"

如此一来我们才知道那两只大箱子的事。

当晚我们不仅消费了张殿倒卖的影碟(看得脸红脖子粗的),在场的人也都分得了一张。余下的时间里,我们帮张殿分装软件和影碟,一共装了有八九袋子,有旅行袋、麻袋、蛇皮袋、双肩包,还用床单扎了两个大包袱,塞到卧室的大床下面。另有几包东西被置于了客厅里组合柜的顶上。完了张殿嘱咐我们说:"千万不要告诉任何人。"

何嫂非常不满地白了张殿一眼。

春节结束,张殿又回深圳了,再来张殿家打牌的时候,我们的眼睛会不由自主地看向组合柜上面,看那几包东西。牌局照常进行,我们再也没在张殿家看过影碟。并非打牌比看碟更有意思,是说不出口,也不合适。男主人不在家,女主人提供场所,一块儿打牌没有问题,一起看碟就不是那么回事了。就算何嫂善解人意,主动提出看那种碟,我们也是要加以拒绝的。

一次,来了一男一女两个警察。女警察手捧一个文件夹,边问我们姓名边做记录,男警察拿着一支手电筒,在房子里走来走去地到处晃动。卧室的床下和组合柜上面都照到了,手电光在那些东西上一掠而过,足以让人心惊胆战。之后他们下楼,脚步声远去。钱郎朗心生一计(事后他告诉我和张鹏),对何嫂说:"肯定是冲那些东西来的。"

"不对吧,"何嫂说,"下午居委会通知了,是查户口。"

这时我和钱郎朗已经交换了几次眼神,早已心领神会。"这几年的牌都打下来了,"我说,"什么时候查过户口?"

"说是人口普查。"

"不怕一万，就怕万一，最近风声有点紧，我们还是提防一点的好。"张鹏说，他也反应过来了。

"那怎么办?"何嫂说，"我打电话让张殿回来……"

"不用，不用，"我沉吟道，"就算马上打电话，张殿飞回来也得明天，在这之前必须先处理一下。"

"如果我们处理了，张殿就不需要回来了。"张鹏说。

"你老公在深圳忙活，他得挣钱养家……"钱郎朗说。

这番配合以后，我这才说出解决方案：每人带两包东西走，分别藏匿，剩下的由何嫂坚壁清野。何嫂显得很不过意，说："那会连累你们。"

"什么连累不连累的，谁让我们是张殿的哥儿们呢!"

我们连牌也不打了，每人提着两大包东西分别下楼。张鹏率先出门，十分钟后是钱郎朗，他走以后十分钟我也告辞了。月黑风高，东西又沉，我虽然住得近还是打了一辆车。知道不会有事情，但如此布局我还是感到了一丝紧张。那紧张恰到好处，提神醒脑，也有利于神经系统的锻炼。张鹏说得对，不怕一万就怕万一，应该说，我们还是冒了一定风险的，对何嫂也不完全是欺骗。

不知道张鹏、钱郎朗是如何消费那些影碟的，我拿走的这两包的确帮了我大忙。在南京，我是最早用电脑写作的人，当时是兼容机，286，操作系统是什么"到死"。的确不吉利，我的电脑经常出状况，耽误写作不说，还丢过不少文件，自己又不会修。这事儿让我苦恼不已。

盛军是年轻一代写东西的，理工科出身，会捣鼓"到死"。我的电脑一出问题，就打电话给这哥儿们。自从有了那两大包影碟，每次盛军帮我修电脑，我都会送他一张碟。后者自然喜不自胜，我也能心安理得了，让他跑一趟再也没有心理障碍。盛军把我的电脑修得比新的还好，都不怎么出故障了，于是他便主动打电话给我，问我最近电脑怎么样，需不需要他上门修理，我当然知道对方的意思。后来，他进一步了解到影碟的来源，就开始跟我去张殿家打牌了。找朋友又多了一条硬腿，全拜张殿的影碟所赐。

何嫂没有再提起过影碟的事。又一年张殿回南京过春节，也没有提起。这件事就像从来没有发生过。张殿气色不佳，已经没有了特区来人的显摆劲儿，看来，他的影碟生意也快到头了。

七

二十一世纪初，张殿回到了南京，在家赋闲一段后，在文化一条街盘下一家小书店，做起了正经生意。

书店真的很小，营业面积不足十个平方，后面有一个小房间，仅够放下一张折叠床。张殿在此午休，同时小房间也兼做仓库。我们顺路看望张殿，也会被让进去，坐在折叠床上抽烟。小房间被抽得像一个烟囱，袅袅的烟雾从朝北的窗洞里冒出来。由于空间局促，平时张殿不喜欢待在店里，他总是站在书店门口的街上，烟不离手，捧着一个大茶杯，一面四处打望着。他似乎在等待一个什么人。也许是我们这些朋友，也许不是。

书店没有厕所。有了便意，张殿就会踱向一百米以外的一处公厕。他走得那样逍遥，根本不像有特殊的目的，等进到厕所里，一蹲就是半小时，甚至一个小时。何嫂送饭来的时候，十有八九人不在店里。店门大敞，好在生意清淡，一般也不会有顾客。何嫂就会帮张殿看一会儿书店，等他回来，张殿吃饱喝足后，再收拾碗筷餐具拿回家去洗。书店里也没有水。

后来，张殿雇了一个焗了一头黄发的女孩看店，回想起他的漫不经心、动辄离店，肯定是故意的。雇人的想法是何嫂主动提的，她说："你还要进货，还要忙其他项目，书店里总得有人。"

何嫂没想到的是，张殿招来的是这么一个女的，妖里妖气，而且不是本地人。如此一来，吃住就成了问题，花费比雇用钟点工高多了。"住好办，就让她住在店里。"张殿说，"吃，你送饭的时候多送一份就行了，和在南京雇人也差不多。"

"那你为什么要雇外地人？"

"我也是看小娟可怜，其实我这店里雇不雇人都一样……"

听到这个名字我吃了一惊，不就是胡小克说的那个发廊妹吗？三四年过去了，张殿还和对方保持着联系，可见当初他们不是乱搞，的确是恋爱。这么长时间了，张殿念念不忘，并且这事儿进行得如此曲折（张殿又是开书店，又是设圈套），为的不过是和心上人一朝相逢，老殿可真是一个有情有义的人啊。我不禁有点感动了。

钱郎朗看法和我不同，他说："对小娟有情就是对何嫂无情，张殿还是一个无情无义之人。这么大的人了,四十多了,怎么做事不计后果……"

"你激动什么,"张鹏说,"真正是皇帝不急太监急。"

"我不急行吗,我们在嫂子家吃了多少顿饭,打了多少次牌?"

"那也是张殿家。再说了,我们又不是张宁,就是张宁也管不了她儿子这种事。"

找张鹏、钱郎朗商量无果,他俩只知道抬杠了。

小娟在张殿的书店里安顿下来,后面的小房间现在成了小娟的房间。张殿也不怎么在街上待了,他要么在书店里,要么在小娟的房间里。

小娟吃饭的问题,就像张殿说的那样解决了。何嫂每天送两个人的三份饭,两份张殿和小娟中午吃,剩下一份是小娟的晚饭。早饭小娟自己解决,书店旁边就有卖早点的。

有一件事他们没有想到,天气越来越热,喝水可以去公厕(那儿有一个公用水龙头,接了水用热得快烧),洗澡却成了大问题,况且南方人是每天都要冲凉的。小娟在公厕的水龙头那儿淋湿毛巾擦过几回身子,实在难以忍受,要求张殿带她去冲凉。后者大概也带她去了洗浴中心，蒸过桑拿，但毕竟不是长久之计。不知道从哪天开始，张殿就领小娟回家去洗澡了。

他用自行车驮着小娟，后者坐在书包架上，走小路以避开交警执法。在张殿家洗完澡并吃过晚饭（小娟的晚饭也改在了张殿家），张殿再用自行车送小娟回书店睡觉。如果说，回家的时候两人一身臭汗，毫无浪漫可言，回程就不一样了。那会儿天也黑了下来，下班的高峰已过，张殿和小娟都洗了澡，换了干净衣服。张殿带着小娟在南京的小街小巷里穿行，一阵微风吹过，撩起小娟湿漉漉的发丝。张殿嗅着沐浴液香波的气味，眼望城市灯火，该是怎样的一种心情？他会不会对小娟说："怎么样，我说到做到吧，让你来了南京，我们又在一起了。"

小娟从后面搂紧了张殿的腰，潮湿的脑袋抵在对方的后背上，说："我这辈子是跟定你了。"

与此同时，何嫂在家里收拾碗筷，把两人换下的脏衣服拿到洗衣机里去洗——想想这样的画面，就觉得很不公平。如今何嫂不仅要做饭、送饭，还得帮小娟洗衣服，洗好后还得晾干折好。晚上还要等张殿的门。张殿送人一来一回至少三个小时，平时何嫂走路去书店，往返不过四十分钟。

何嫂终于找到我们，专门谈张殿和小娟的事。我们拿不准，何嫂知道多少，到什么程度，于是便装聋作哑。

"张殿和那丫头，不会吧？"

"嫂子你想多了，张殿一个大老板，怎么会跟下属……"

何嫂说："有一次我去送饭，怎么叫门，张殿都不开。"

又说："还有一次，书店是开着的，小娟坐在店里，张殿在里面帮她叠被子。"

"这叠被子是不对，"钱郎朗说，"关心下面的人也得讲究方式方法。"

"在家里他什么时候叠过被子？连酱油瓶倒了张殿都不会扶！"何嫂非常委屈。

"是太不像话了，我们一定好好批评老殿。"我说。

"不对呀，"张鹏道，"老殿有睡午觉的习惯，他应该是在叠自己睡过的被子，不是帮小娟叠被子。"

何嫂愣住了。

我赶紧接过张鹏的话，说："这两个人混用一条被子的确不太好，男女有别嘛。嫂子，以后你专门给张殿准备一条被子，让他专被专用。"

我们抓住被子不放，好歹糊弄过去。

回头我们找到张殿，对他的行为进行了警告，并要求张殿辞掉小娟。他表示同意，只是说说不出口。

"胡小克是怎么辞你的？"我点张殿道，"他和你是什么关系，可以说得出口，对小娟你为什么就说不出口？"

"你这老板也不能白当，辞人那是必须的，是必要的一课。"钱郎朗说。

"没这个魄力你还当什么老板，以后怎么发展？"张鹏说。

张殿不像何嫂那么好糊弄，对我们所说无不赞同，但还是我行我素。

这以后，我们就不怎么去张殿家打牌了，因为不好意思，愧对何嫂。即使去打牌，张殿也经常不在，送小娟回书店未归。如果去得早，在张殿家吃饭还得和小娟同席。明知道张殿和她有事情，还要装出一脸无辜，在何嫂的眼皮下面实在是一个很大的心理负担。张殿偶尔也参加打牌，但心不在焉，那牌打得七零八落的。牌局本身也失去了魅力。就这样一直到了冬天。

八

小娟最终还是离开了。她是怎么走的,不得而知。是春节回家过年,然后就没有再回来,还是发生过一些可怕的事,比如张殿和小娟被何嫂捉奸在床?我们就不知道了。有一件事却确定无疑,就是张殿的书店倒闭了。文化一条街上的门市已经易主,也不卖书了,从店门口一直到小店里面,花团锦簇,书店变成了花店。

何嫂打电话给我们,邀请我们去他们家打牌。找朋友的时候我察言观色,也没看出个所以然来。无论张殿还是何嫂都很平静,专心牌局。那天张殿大赢,钱郎朗不合时宜地说:"这就叫牌场得意,情场失意。"说完他就后悔了,赶紧改口:"噢噢,也不见得,比如像我,牌场失意情场也失意……"好像也不对。钱郎朗干脆闭口不说了。

张殿家牌局宣告恢复,每周一次我们去张殿家打牌。和以前不同的是张殿常常不在,或者回来得很晚。他不干书店,总得想办法谋生,于是又开始说"和人合伙做生意",或者"正在弄一个项目"。那感觉就像昔日重来,只是我们不能确定是回到了八十年代还是九十年代。九十年代，张殿去胡小克那打工，我们在张殿家陪嫂子打牌，而大哥正在千里之外的异乡为这个家奋斗。那时空气里流动的是希望，仿佛能看见令人兴奋的未来。可这会儿何嫂一脸苦愁，找朋友的间歇不由自主地唉声叹气。

她的那种叹气方式是最近培养起来的。深吸一口气，然后使劲呼出，同时伴有极为深重的就像从一口老井里发出的喉音。此音一出，身体随之向下一堕。问起来，何嫂完全不知道，只是说非常痛快。我们这几条硬腿后来也学会了这种叹气法，的确舒畅无比。开始时是有意识的，最后变成了一种无意识，找朋友的过程中沉重的叹息声此起彼伏。有时候会来一个新人，听见我们这样叹气觉得不可理喻，而我们早就听而不闻了。

像九十年代一样，打牌的时候何嫂会联系张殿，打他的寻呼机。张殿一般不回。偶尔回一次电话，他会说"马上，马上，谈完这一单就走"，或者说"已经在回家的路上了"。但直到牌局结束也不见人影。何嫂锲而不舍地呼叫张殿，一出完手上的牌就呼他，子母电话机的子机就放在面前的小棺材上，和几张赢来的或者准备输出去的钱放在一起。手上一没牌，她就抓起电话，后来已经很机械了。何嫂也没指望张殿回电话，就是要骚扰他，让他"不得安生"。然后就是叹气。基于以上原因，我们虽然还去张殿家打牌，次数毕竟锐减了。

一天晚饭后，我坐在电话机旁，心里有一点焦躁。当时我刚过四十岁，离了婚，女朋友又在外地，每天的这个时段是最难熬的。总盼望有人约我出门，和朋友聚会，去酒吧或者任何地方。实在没人约我，我也会主动打电话出去。有时候也不打。晚饭过后大概经过两小时不安的情绪就会过去。

那天我坐着，瞅着电话，一根烟还没有抽完，电话铃就响了。只响了一下，我第一时间接起，是钱郎朗。他并没有宵夜计划，打电话给我是讨论一件事。

大约半小时前，何嫂给他打了一个电话，说是要去很远的地方旅游了，想和我们（钱郎朗、我和张鹏）打个招呼。当时钱郎朗正在下面，面条已经丢进锅里了，见没什么要紧的事就挂了。这会儿钱郎朗吃饱了，越想越觉得不对劲。"何嫂不会出什么事吧？"他说。

"那还用说！"我叫了起来，"还不赶紧的，有你这样的吗！"

挂了钱郎朗的电话我立刻打给张鹏,让他马上动身,去张殿家楼下会合。然后,我呼了张殿,等了一会儿没反应,这才套上T恤换了鞋子直奔张殿家而去。

我到的时候钱郎朗已经到了。我问他:"你怎么还不上去?"

"在等你和张鹏。"

漆黑的院子里,借着围墙外射来的灯光,我看见钱郎朗拎着两瓶酒。他并没有意识到问题的严重性,以为还像以前那样,我们这是吃饭打牌来了。虽然我们已经吃过饭了,让何嫂再炒两个菜,喝点小酒也是正常的,以前也常有这种事。

来张殿家打牌,我们总是这样,先在楼下的院子里会合,然后一起上楼。何嫂虽然是我们的嫂子,但和我们中的一人单独相待总归不太方便。我们一起来一起离开,钱郎朗不过是在遵循惯例。看见他这样,我也受到了感染,觉得事情真的没有想象的严重,或者紧急。

天上下着小雨,我和钱郎朗都撑了伞,这时把伞收了,我俩走进张殿所在的单元门洞,边避雨边等张鹏。张殿家在二楼,离我们躲雨的门洞直线距离不到两米,过了一会儿便闻见了隐约的煤气味。那煤气味和院子里飘忽的细雨混合在一起,在黑暗中闻起来非常奇怪,有点像榴莲的气味,带有一丝隐隐的寒意。当我们确认这的确是煤气,而不是榴莲,显然不能再等了。钱郎朗放下两瓶酒,和我一起奔上二楼敲门,死活没有敲开。下面的门缝处透出黄澄澄的暖光,煤气味越发浓重。再也不用怀疑了。

钱郎朗打110报警的时候,我在琢磨如何弄开张殿家的门。那门的外面加装了防盗门,不禁发出哐啷巨响,在短时间内打开是不可能的。对面和上下楼的邻居闻声而出,钱郎朗忙着和众人解释。我走到楼道拐弯处,那里对着外面的墙体只砌到胸口高,张殿家厨房的窗户开在这一顺,离楼道的半截墙不远。我攀上半截墙,想翻进厨房里,但窗户被从里面锁死了。正在焦急,张鹏赶到了。他在我们三人中一向最能干,换了我爬上半截墙,让我把雨伞递过去。张鹏手持雨伞,悬了吧唧地用伞尖敲击窗玻璃。几声大响后,玻璃终于碎裂,落下二楼,发出更大的响声。我们闻见了更加浓烈的煤气味。邻居们掩着鼻子,退到更远的地方。那煤气味混合着雨水,凉飕飕的令人头晕。

警察是从一楼住户的院子里攀上张殿家阳台的,用太平斧劈开了通往卧室的门。他们扛着裹在毯子里的何嫂从防盗门里出来,围观的人让开一条道,身体贴墙,看着何嫂被带下楼去,被送上了停在院子里的警车。一位警察要求家属签字,张殿不在,由于是钱郎朗打的电话,就由他代劳了。张鹏帮钱郎朗打着伞,那警察用手电照着,边上警车顶上的警灯无声闪动,光线里细雨纷飞……签完字,对方让钱郎朗上车一起去医院,钱郎朗分辩道:"我不是她丈夫。"警察也不答话,几乎是押着他上了警车。钱郎朗绝望地对我和张鹏说:"你们一定要来啊!"随后警车启动,驶出了漆黑的院子。邻居们也散了。

我和张鹏返回张殿家,用座机又呼了张殿一次。等了十分钟,张殿仍然没有回电话。借着从门窗外射入的些微灯光,能看见室内狼藉一片。走动时脚下不断发出玻璃碎裂的声音,还有大摊的水迹,黑乎乎的,像血一样。当然那不是血,由于门窗破损,是洒进来的雨水所致。煤气味已基本消失,可以开灯了,但已经没有这个必要,我们还得赶往医院,和钱郎朗会合。

临下楼时,张鹏特地带上了张殿家的防盗门。

钱郎朗早已在医院大门口等了半天,见我们从出租车上下来,他显得很兴奋,问我们为什么这么长时间。不等我们回答,又说何嫂已经被送进去抢救了,问题应该不大。说他这一路吃大苦了,警察一口咬定他就是家属。后来终于明白他不是家属,那就更糟,他们认为他和何嫂的关系非同一般。"大概,"钱郎朗说,"他们把我当成来通奸的了,老公不在家,我吭巴巴地跑来要和情妇殉情,开了煤气自杀。"

"怎么可能。"张鹏说。

"怎么不可能,"钱郎朗说,"他们逼我解开何嫂的衣服,按压她的胸部,隔着衣服都不行。我说不方便,警察说,你又不是没见过。"

"你照办了?"

"我能怎么办?人命关天啊,再说了,我不照办肯定得挨揍……为什么是我,为什么不是你们是我!你们也都在场……"钱郎朗唉声叹气,委屈得不行。

"何嫂昏迷不醒,不会知道,"他说,"对张殿就没有必要说了。"

"既然不想让人知道,你干吗要对我们说?"张鹏道。

"你……"

我赶紧打圆场,"老朗这是做好事不想留名。"

我们已经开始开玩笑。过去的这两小时太紧张了,此刻终于放松下来。我们大骂张殿,骂他导致了这场悲剧，骂他不回电话，以及拖累了朋友。"都什么时候了，老婆都快死了，鸟人到底在干什么呢？"

又一辆出租车在医院大门前停下，走下一对老年夫妻，何嫂的父母到了。我们打着伞迎过去，护送二老走进门诊大楼。再出来的时候我们就更加轻松了。说明了有关的情况，移交了所有的手续，说是去找张殿，然后就开溜了。我们把何嫂交到了真正的家属手里，虽然不是张殿，但胜似张殿，血浓于水……

在路边的一家小店里，用公用电话再次呼了张殿，之后我们就背对柜台，看着夜色中雨光闪烁的陌生街道，边抽烟边等电话。其间张鹏几次折回医院，打探消息，最后的信息是何嫂已经被送进高压氧舱，人也苏醒了。至此，我们轻松的心情已无法自禁，完全不能在一个固定的地方待了。恰好来了一辆出租，上面的人下来后我们立马钻进车内。

行驶途中，我腰间一麻，原来是张殿呼我，他终于有了反应。看号码，不是张殿家的电话，说明他还没有回家。

出租车在路边的一个电话亭边停下，我去回电话，告诉张殿他老婆自杀未遂，现在正在医院里抢救。没等对方回答，重复了三遍医院的地址后我就挂了电话。

"现在我们去哪里?"张鹏问。

"深更半夜的,能去哪里?"我说,"回家睡觉。"

"我倒是觉得,现在去哪里都可以。"张鹏说。

"你们到底要去哪里?"司机说。

突然,钱郎朗叫了起来:"去张殿家!我那两瓶酒落在了他家楼下的门洞里。"

钱郎朗去门洞里拎出两瓶酒,在一楼的自行车棚里我们找了一个地方。没有开瓶器,钱郎朗就用牙咬,啪嗒一声,瓶盖就此消失在脚下的黑暗中。我们原本是应该进到张殿家里去喝的,防盗门被张鹏带上了,因此钱郎朗抱怨不已。他说:"这会儿如果能坐在沙发上,边喝酒边复一把盘那才齐活了,可惜……"

"你这不是说梦话吗,"张鹏说,"我们走的时候能不带门吗,小偷进去怎么办?"

"哪有什么小偷……"

"张殿家乱成那样,你没看见?是喝酒的地方吗?再说了,女主人现在还在医院里躺着呐!"

"反正比在车棚里强,我的腿都蹲麻了。"

"那你就不能骑在车上喝?"

"骑个屁啊,又不是个女的。"

两人虽然是在开玩笑,但你来我往,各不相让,大概是这劣质白酒喝的。由于声音渐高,边上的一扇窗户突然亮了,我嘘了一声。接下来我们就再没说话了。默然无语地传递着酒瓶,不时调整姿势,由蹲到骑,由骑到站……一楼住户的灯光再次熄灭以后,眼前只剩下一片漆黑。适应后,又不免清晰如画,车棚深处昏黑一团,而外面刚下过雨的地面上闪闪忽忽的,不知道是从哪里射来的光。我们再也没有提何嫂和张殿的事。

然后我们就离开了。脚步飘忽,内心充满了宁静和喜悦。也难怪,毕竟算是救人一命,何嫂又活了过来。喝酒我们也没耽误。本来我们是准备去咖卖隆继续喝的,除了涂海燕再叫上一个服务生,没准还能打一把找朋友,那就圆满了。行至途中,钱郎朗改变了主意,说是撑不住了,要回家去睡觉,三个人这才恋恋不舍地各奔东西。

九

张殿家的牌局算是基本结束了。张殿家我们仍然会去，没有人再提打牌的事，就像那是某种忌讳，何嫂自杀未遂似乎和找朋友有关一样。去到张殿家，我们也只是喝点小酒、聊聊天。去的次数也开始变少，并且没有规律可言。

何嫂恢复得不错，没有留下任何后遗症。大家绝口不提那天晚上的事，但那件事又的确发生过，其标志就是张殿已经有限地回归家庭，每次去的时候他都在家。那口小棺材也不再当牌桌或者饭桌用了，换成了普通的茶几。小棺材仍然放在客厅里，正式成了一件古董，上面放着打印机、传真机、复印机等现代化的办公设备。钱郎朗说，张殿爱上了商业文明。张鹏反驳道："他不过是把公司搬到了家里，要说爱上早爱上了。"

"他要那些玩意儿有什么用，纯粹摆设。"

"这是另一个问题。"

我说张殿"有限地回归家庭"，就是指这些办公设备的出现。但最重要的，还是张殿开始玩电脑了。他配备了两台电脑，客厅里一台，卧室里一台。张殿没日没夜地坐在电脑前面，我们每次去他都显得心不在焉。我们不再打牌，想来也和他上网有关。张殿不仅玩游戏，同时也捣鼓各种软件，考虑到他倒卖软件和影碟的经历，这也是必然的。总之张殿成了一个网虫或者软件狂，人坐在家里，朋友人脉却遍布电子一条街甚至全国各地，大有身在曹营心在汉的意思。有限回归就是说他的这种身心分离的状况。

作为多年的老朋友，张殿热心地向我们推荐各种软件，神秘兮兮地塞给我们一些网址。我们这帮人，包括何嫂，属于找朋友出身，对时髦的玩法反应很慢。也各自购置了电脑，用电话拨号上网，不过是看点新闻，兼带收发邮件而已。对电脑和网络世界潜力的认知，和张殿完全不在一个层次上。

钱郎朗说："这在网上打牌下棋有什么意思，又见不到一个活人。"

"可以一边下棋一边聊天，"张鹏说，"和网络下面还不是一样的？"

"和对方又不认识……"

"那正好，你就不会耍赖了。"

其实那会儿张鹏对网络游戏也是半通不通的。

由于志趣不投，擅长的东西不一样，我们去张殿家的次数更少了。如果张殿不在家，我们去他家没有问题，就算不打牌也可以喝酒聊天。张殿在家，他是男主人，我们喝酒他上网，那就比较尴尬，还不如不去。

不怎么去张殿家以后的一天，一帮人在饭店里吃饭，饭后转台前往咖卖隆。这时的咖卖隆已经易主，涂海燕一年前去了美国，咖啡馆也变成了酒吧。我和张鹏打车先到，张鹏在等司机找零钱，我一反常态没有等他，率先走进了酒吧里。当即，我就看见了张殿，和一个大屁股女人并排坐在吧台前面的吧凳上。女人的屁股如此之大，相对而言吧凳如此之小，给我留下了深刻的印象，可以说，我是先见到了这个造型，才看见了边上的张殿。他仍然是窄窄的一条，倾身过去，在那女人的耳边说着什么。见我出现，张殿不免慌张，也许是尴尬。

"是不是网友？"我小声问道。

张殿龇牙一笑，没等他回答我又说："快走，大部队马上就到。"

张殿心领神会，拉着那女的立刻就消失了。他们没有走门，不知道去了哪里，因此并没有和推门进来的张鹏遭遇（像我担心的那样）。随后大队人马也到了，在我的指点下，钱郎朗、盛军等先后都去了楼上。我一个人立在吧台前，要了一瓶啤酒，正喝着，听见酒吧门叮咚一响。我转过身去，正好看见张殿和那女人窜出去的背影。

事后想起这件事，我不禁纳闷，为何我会不等张鹏率先进入酒吧呢？难道已预感到会撞见张殿和他的网友？即使让张鹏看见也没有什么，他又不是何嫂，后者也不在大部队里。张殿配合得如此默契，没说一句话，就像何嫂已经跟过来了一样。再就是那个女人，她真是张殿的网友吗？我甚至连她的脸都没有看见。没准是小娟吧？应该不会，小娟不是那样的身材……

十

这以后时间就过得快了。

有消息传来，何嫂生了一个女儿，我一颗悬着的心终于放下，大屁股网友的事看来没有败露。没准那次我和张殿在咖卖隆的遭遇别有深意呢，从此受惊的张殿才洗面革心，彻底回归了家庭。

那年张殿五十出头，老来得女，我打电话去恭贺，何嫂告诉我："老殿喜欢得不得了。"我大脑一热，当即表示，愿意做他们孩子的教父。所谓教父是当时一种时髦的说法，意思就是干爹。何嫂满口答应，说是需要问一下张殿。

"怎么样呀？老皮说要做画画的干爹。"

"让他出钱。"——我听见电话那头张殿对何嫂说。

我是这么想的，虽然目前我混得一般，那是写诗造成的。从新世纪起，我已经改攻小说了，写了四五年，出了两本书。再过五六年，到张画画五六岁的时候，不说享誉世界至少也会是著名作家，画画上学的费用或者上个什么补习班，出点钱也不是多么了不得的事。再说张殿现在也的确没收入，人也老了，一家三口今后都得靠何嫂。她的工作也不挣钱，早年在办公室里打字，后来仍然是打字，不过是打字机换成了电脑，兼带处理一些文件。"培养一个小孩得花多少钱呀。"何嫂忧愁地说。

待张画画长到四五岁，一次，我在街上和何嫂母女不期而遇。何嫂让孩子喊"干爹"，我含含糊糊地应了一声，之后就再也没有提这茬了。不是张画画不讨喜，事情正好相反，那孩子太可爱了，尤其是两只眼睛，就像猫眼一样圆噔噔地转动着。那会儿离她上学也没有两年了，我暗自思忖到时候出资的可能，答案是完全没有可能。虽然我已经出了四本书，但还是和以前一样穷。这也是我直到这次见面以前一直没有见我的教女的原因。这次见面以后我就搬家了，住得离张殿家就远了。巧遇的事再也没有发生过。

钱郎朗、张鹏不然,他俩没有搬家,也没有认张画画做干女儿,不怕任何巧遇。钱郎朗仍然会去张殿家串门,只是已不再叫上我和张鹏了。我是因为住得远,不叫张鹏是钱郎朗已经和对方绝交。钱郎朗认为张鹏不尊重他,说话时总是冲他(比如,"你这不是说梦话吗?"),他有言在先:"有张鹏的时候你们不要叫上我。"自然有他的时候他也不会叫张鹏了。

我劝了钱郎朗很多次,毫无效果。

"我们在一起找朋友少说也有二十年,怎么你就不觉得张鹏冲你呢?"

"我忍了他二十年。"

"现在都一大把年纪了,有这个必要吗?"

"就因为上了年纪,我没有必要再委屈自己。"

钱郎朗去张殿家也不是找朋友,想找人也凑不齐,不过是喝点小酒,和张殿下一盘围棋什么的。他去的次数也不多,一年中两三回吧。

张殿和轮滑结缘的事,是钱郎朗告诉我的。他说,张殿现在可是一个慈父,女儿去上轮滑班,每次都是他接送。开一辆大摩托送过去,然后就在边上等,课程结束再把张画画带回家。

半年后,钱郎朗第二次和我通电话,说现在张画画不学轮滑了,改了跆拳道。张殿仍然每天送过去,女儿进拳馆,他自己进轮滑班。也就是说,张殿本人在学轮滑。我觉得这事儿有点意思。"老殿学到了什么程度?"

"反正迷得很,每次去他家聊的都是轮滑。"钱郎朗说,"这玩意儿我也不懂,他家我也懒得去了。"

又过了一年多,在免费阅读的地铁报上,我看见一则新闻,说是本市的一位老汉如何不输于年轻人,在市区大马路经常会出现一个以轮滑代步的矫健身影,什么脚踏风火轮,身着冲锋衣,逆风而行,白须飘飘……配图照片上的那人正是张殿。并没有白胡子,张殿的下巴从来刮得很光,倒是穿着冲锋衣。由于没有指名道姓,我还是无法相信。

一天,我真的看见了张殿。我真的看见了张殿,但并没有看见轮滑,或者说穿着轮滑鞋的张殿。当时我在一辆出租车上,和对方方向相同,中间隔着绿化带,修剪整齐的冬青把张殿的下半身挡住了。他的上半身在树丛的顶端沿着那条水平线一滑而过,虽然只是一瞬间但太不可思议了。那样轻盈、平稳、迅捷,脚下不是踩着轮子又会是什么?

和新闻里说的一样,张殿穿着冲锋衣,背着双肩包。没有戴头盔,摆动的手臂上套着专门的护具。出租车将张殿甩往车后。前方红灯亮起,车速减缓,他又赶了上来并超越过去。过了十字路口,出租车再次赶超了张殿。如此几次三番,直到张殿被彻底甩到后面,看不见了。

张殿成了一位轮滑达人。这事儿在朋友圈里作为谈资传了一阵后,也没人再提了。在得知他生病的消息以前约半年,我去了一趟当年住的老房子,现在的房主联系我,有一个邮件被寄到他那儿了,让我去取。就在那条巧遇何嫂母女的小街上,我又巧遇了张殿。

他踩着轮滑鞋过来,在我的后背上猛击一掌,然后哈哈大笑。这是他一贯的方式。我问张殿:"你干吗去呀?"他答:"买烟。"然后就滑向了路边的小店。小店门市临街,只有一截柜台。张殿用手撑着柜台掏钱买烟的过程中,回头看了看我,向我挤了几下眼睛,也不知道是什么意思。之后,他就带着一条烟沿原路头也不回地滑走了。至此我们已经有好几年没见面了,但就像经常见面一样,就像我还住在这条街上。

这一带的确没有任何改变。小店依旧,没有被拆掉，换成超市。柜台后面的小姑娘还是以前的，好像也没有长大。有变化的大概只有张殿。他踩着轮滑鞋而来，显得极为高瘦，而且也年轻了。前文说过，他是那种年轻时老相，老了以后反倒不显老的人，相貌在中年以后便趋于永恒。不仅如此，看他的气色、身形和精神头，甚至往回走了（逆生长）。这大概与他坚持玩轮滑有关。相形之下，无论我还是钱郎朗、张鹏都已经老得不像话。我没有及时叫住张殿，去他家里叙一把旧，或许是因为自卑吧。

我离开了小街，离开了那个既像回忆又像是传说的奇怪地方，整个人懵懵懂懂的。到了新城区的大马路上，现实感才逐渐调整过来。

十一

朋友中我是第一个得知张殿死讯的。

何嫂如约和谈波联系，对方大概睡着了，没有反应，她这才给我打了电话。现在安慰何嫂不是最重要的事，最紧迫的是通知谈波。在张殿的哥哥、姐姐得到消息以前，谈波必须赶到并完成拍照，这中间有一个时间差，转瞬即逝。

我的意思是,既然谈波联系不上,也就算了(当时我也睡下了)。"处理后事要紧。"我说。但何嫂坚持。开始的时候我认为是何嫂讲信用,说话算话,好像也不全是。在何嫂的固执里我听出了某种完成死者遗愿的意思。也难怪,谈波画张殿是张殿同意的,经他首肯的,的确马虎不得。于是,在微信、电话都联系不上的情况下我直接去了谈波家,把对方从睡梦中硬是砸醒了。

谈波的想法和我一样,"算了吧,让何嫂赶紧处理后事,别耽误了。"说完他又想躺倒。

"不可能。"我说,"现在拍张殿已经不是你的事了,甚至也不是何嫂的事,而成了张殿的事,你得为死者负责。"

去院子里发动汽车的时候,四下里一片漆黑。谈波让我陪他一起去,我说我要回去睡觉。

"你不想看张殿最后一眼?"

"还是追悼会上再看吧。"

"追悼会上的要化妆,很难看,现在是最美的。"

"那我就看你拍的照片。"

"照片哪能看啊,最牛逼的艺术必须看原作。"谈波已经把张殿当成了一件艺术品。

知道自己说偏了,谈波马上圆回来。"……当然了,看张殿也一样,我拍了照片还不知道画不画呢。"

"你肯定会画。"

事后谈波告诉我,由于联系他的这一番耽搁,还是没有赶上。等他到了医院,张殿已经从病房转移到了太平间,他是在太平间里完成的拍照。何嫂咬着牙,愣是没有把张殿逝世的消息第一时间通知男方亲属。即便如此,谈波还是错过了最佳时机,那会儿张殿在冰柜里已经冷冻了一个小时。"区别很大吗?"我说。

"怎么对你说呢?"谈波不禁为难,"这么说吧,你去吃西餐,要烤牛排,有三分熟的、五分熟的和七分熟的,我要的那个成色或者说适合我画法的那个成色是确定的,离世后半小时以内正好。可我赶过去,张殿去世有两小时了,还在冰柜里冻过。拉出来一看,我就明白了,不是我想要的。既然人都去了,不拍也不好,何嫂还守在门外等着呢,于是我就胡乱拍了几张。"

"真不容易。"

"环境本身也有问题,缺少光源,再加上你不肯陪我去,一个人待在那种地方真的很恐惧。太平间里很冷,我也没有加衣服……"

"真的没法画?那不是白忙活了?"

"反正拍了,照片先存着再说。"

十二

张殿的追悼会上,所有的人都到齐了。钱郎朗和张鹏不可回避地见了面。在这之前,我分别给他俩打了电话,做了工作,意思是:这人都死了,你们有什么大不了的事不能解决?还要等到哪一天?再大的问题在死亡面前都显得渺小,鸡毛蒜皮、微不足道。追悼会正好是一个机会。于是,在告别厅门前的台阶上,这两个昔日的朋友互相走近。张鹏主动,说了一句:"钱郎朗,你好。"

钱郎朗含混地答应一声,就没有下文了。

张鹏转过脸来看我,意思是他尽到了责任。

大家不无尴尬地站在那儿,钱郎朗抬起头来看看天空,也不知道对谁说:"今天的污染很严重,PM2.5 有三百吧?"

张鹏犹豫是否要接这个话茬,盛军说话了:"没有三百,二百五左右。"他不了解张鹏和钱郎朗之间的过节儿,大概是想开个玩笑。没有人笑,一个对话的机会就这么白白浪费掉了。

钱郎朗和站在他边上的盛军说话,张鹏和他并不熟络的谈波交谈,好在一伙人仍然站在一起,在台阶上高高低低地杵着。离告别仪式开始还有一段时间,钱郎朗掏出香烟散烟,第一支烟应该是递给张鹏的,是冲张鹏的方向来的。钱郎朗的手上只有一支烟,那手直不笼统地就伸了过来。虽然钱郎朗没有朝张鹏看,后者还是接了。之后钱郎朗又散烟给其他人。他叼着香烟边吸边故作悠闲地溜达到一边。一来一往,两个家伙的任务已经完成,答应我的事都做到了。这以后,直到追悼仪式结束,钱郎朗和张鹏之间再也没有交流。看来死亡也不是最大的,人只要活着就有抹不下的面子……

台阶下面的空地上,有不少年轻人在玩轮滑,在我们的眼前溜过来窜过去,窜过去溜过来。不时做出一些高难动作,喝彩声不绝于耳。开始我没反应过来,很奇怪在殡仪馆怎么会有这种街头才有的景象,也许这里的大门很容易进来。后来蓦然醒悟,这些都是张殿生前的滑友,参加追悼会来了,以特有的方式在给他们的"张大爷"送行。

果然,他们开始换鞋子,将轮滑鞋吊在脖子上,有的提在手上，列队准备进入告别厅。这帮人我们一个也不认识，也不可能认识，但却是张殿最后身处的集体，是他离开我们的圈子后为自己找到的圈子。以前只听说张殿玩轮滑，此刻却有如亲见，年轻的滑友把有关的场景、氛围展示出来了。我感觉到了莫大的陌生和异样。怎么说呢？就像是张殿无论生死都早已不属于我们了。

告别仪式开始，张殿的亲属站在最前列，他们后面，就是那些年纪犹如张殿孩子的年轻人，有二三十人。再后面才是我们，这些在漫长的岁月里积攒下来的朋友，也不过十来个人。幸亏有张殿的滑友撑场子，追悼会不至于太寒酸。张殿不是什么大人物，毕竟也活了六十岁，怎么不见有同学、同事？光是结婚他都结了三次，前妻有两个，现妻有一个，前妻们应该没有来。还有我们知道的小娟，不来情有可原。还有何嫂说的那个张殿为之吃壮阳药的女人，也许混在滑友里面，就是张殿的滑友……

向遗体告别时，何嫂哭得稀里哗啦。五六个亲属里何嫂的父母占了两位，老人用手帕擦拭着眼睛。剩下的三四个亲属中没有张宁。听何嫂说她得了阿尔茨海默病，也就是老年痴呆，儿子死了恐怕都不知道。

那三四个人中有张殿的哥哥、姐姐吗？不得而知，我已经有三十年没有见到他们了。从悲伤的程度看，也不太像，并不显得和死者多么难舍难分，也许是男方的亲戚比较理性吧。

最不可思议的是张殿的女儿，张画画，自从那次在街上和何嫂母女巧遇以后我再也没有见过。当时她四五岁，这会儿大概有十岁了吧。我记得她有一双猫一样的眼睛，此刻那眼睛依然如故，只是睁得更圆了。自始至终，画画瞪着两只大眼睛，对眼前的一切表现出异常的惊讶和专注。但也只是惊讶、专注，没有反应上的不同变化。目光落在张殿化了妆的面容上，没有流一滴眼泪。我心里想，这孩子被吓住了。

我本来是不准备哭的，或者说没有料到自己会哭，所以进告别厅的时候只接受了白花没有要手帕（门口照例会发放这两样东西）。哪怕是目睹了张殿的遗容，我也没有任何要哭的感觉。那遗容真的太难看了，假牙装了回去，张殿的小脸儿因此凹凸不平，似乎只是那副假牙。的确没有暴露在外面，没有像钱郎朗的舅舅一样张着黑洞洞的嘴，但也许比那还要命，在极薄的脸皮包裹下假牙的形状清晰可见。他们还给他抹了鲜红的唇彩……所有这些都在我的预料之中，早想到了。

可当我一抬头,看见了张画画怀里抱着的张殿的遗像,突然就不行了。遗像上的面容就是我最后一次见到张殿(准确地说,是最后一次见到没生病的张殿)时他的面容,表情、状态,甚至角度都分毫不差。当时张殿边买烟边回头向我挤眼睛,并没有人在边上拍照,但就是那一瞬间的定格。此种灵异般的体验无法向人道明,确实把我给吓坏了。与其说我是因悲伤落泪,不如说是被吓哭的。哭得抽抽搭搭,不能自已,太丢人了。身后站着那帮朋友,谈波、钱郎朗、张鹏、胡小克……正等着过去和张殿告别。我赶紧握了一下何嫂的手,低头跑出了告别厅。

到了外面,仍然在落泪,眼睛被阳光刺得很难受。这时我看见边上有一个人,也在啜泣,原来是袁娜。"你也来了,"我说。

"能不来吗……张殿真可怜。"她答。

然后我们就不知道说什么了,只是互相看着,颇为尴尬。那一刻我们泪眼相望,透过模糊的泪光打量着对方,不免显得情深义重。就像我俩之间有着难以言喻或者压抑已久的情感,终于控制不住。张鹏一伙人也出来了,看见了这一幕,但没有走过来。他们一面抽烟一边向这边窥视。犯得着吗？我心里想，你们又不是不认识袁娜，不知道她和我的关系是毫无关系，不是不知道张殿对袁娜念念不忘……

袁娜递过来一块手帕，就是她刚才擦眼泪的手帕。这太过分了。如果我接受了这块手帕，擦了眼睛，两人的泪水就会混合在一起，就真的说不清了。我几乎是粗鲁地推开了对方，说："我不用。"之后转身离开了，走向张鹏一伙。袁娜没有跟过来。

涂海燕是最后到的，整个追悼仪式已经结束。滑友们穿上轮滑鞋，一只只燕子般地滑出了殡仪馆大门，我们一伙跟在后面。何嫂和家属乘的那辆中巴开过来，我们让到路边。中巴刚出去，一辆出租车就开了进来，和何嫂的车在大门口相错。车窗降下，涂海燕探出脑袋冲我们说："哎哎哎，你们怎么走了？"她眼泡肿肿的，并非因为哭泣，是睡过头了。

"已经结束啦！"我们说。

"看我这时差倒的……"涂海燕开了进去，找地方掉头。

她当然不是从旧金山特地飞回来参加追悼会的，而是来南京洽谈合作，正好碰见了张殿这件事。

隔了一天，我又去了以前住过的地方。这次不是拿邮件，我在附近办事，信马由缰地走到这里。当然不会碰见张殿踩着轮滑鞋向我滑来，但这儿毕竟是他生活了三十多年的地方，肉体虽然离开了，也许魂魄还在。至少张殿的家还在这里，何嫂和张画画还住在这儿。不像我，离开就是离开了，走得干干净净。

本来我只是抄近路，不知不觉逛遍了这一带的小街小巷。还去了农贸市场，问了蔬菜和猪肉的价钱，甚至买了一把葱。直到天黑，我步出一条主路的路口。

这条主路在此分作两条岔路，分别通向外面的大马路，岔路相接的地方形成一个直角。就在我拐弯的时候，一辆摩托从我身后超过去，到了前面车速减缓，骑摩托的人回头和我打招呼。昏黑中辨认出是何嫂，我不免吃惊。我从没有见过何嫂骑摩托，而且是那种男人骑的很宽大的摩托，不是电动车。我马上意识到，这是张殿的摩托，何嫂竟然骑得如此顺溜不带含糊。这不是最主要的。让我惊讶的是，摩托车后坐着张画画。母女俩已经换了打扮，何嫂是牛仔裤 T 恤衫，画画身着小短裙。何嫂轻快无比地说："嗨，老皮，我们先走啦！"没等我回答，那摩托便一溜烟地窜到前面去了。

画画回头看了我一眼，眼眸仍然那么清亮。摩托车大灯照亮了街边的一排绿树，我突然意识到已经是春天了。

离开这里已经很多年，一般我是不来的。统共来过两次，一次碰见了张殿，一次碰见何嫂和张画画，这是什么意思呢？想起追悼会上张殿的遗照，简直就像上次见到张殿时的截屏。那么这一次呢？似乎有什么一直在这儿等着我。她们的轻快说明了什么？活下去，或者，这就开始活下去了。有什么已经从死亡和时间的阴影中解脱出来了。也许这就是让我传递的信息，让我作证，好让张殿放心……我的思路已经彻底混乱了。

然后，在那条人来车往的大马路上，下班的高峰时段，路灯的照耀以及法国梧桐的树影下，夹杂着初春气息的深重雾霾中，我又流泪了。流泪不等于哭泣，我一点悲伤也没有。甚至都不是我在流眼泪，是那滴本该由张画画流出的泪水，从我的眼睛里流了出来。

峥嵘岁月

1

本来,他们的第一次见面应该发生在东都。马东把电话打到李畅家的座机上,李畅正在收拾箱子,准备去机场。"对不起,我两小时后就飞南都了。""那我也去南都,"马东说,"您去哪里我就去哪里找您。"

于是李畅飞抵南都的第二天,马东就摁响了老岳家的门铃。

李畅每年至少去一次南都,住在老岳家里。后者单身,白天在公司上班,晚上下班后两人才有机会碰面,无非是吃吃喝喝、聊天忆旧。老岳只是在礼拜天有整块的时间,届时他会开车带李畅去海边,比如某个度假村,仍然是吃喝聊天。扑面而来的海风气息浓郁,腥味儿更大,按照李畅的话说,他只要闻闻气味就足够了。这是某种双关语,另有所指。老岳也不勉强,一副陪公子读书的模样。

关于老岳,这里就不多说了,只要知道他是李畅的发小,老岳家是李畅在南都的落脚点就可以了。现在只说马东来老岳家敲门,李畅并不觉得意外,但多少有点手忙脚乱。他没想到这人真的会来。

门开后,一个身材魁梧的人站在楼道里,脸上的胡子大概有一天没刮,已隐隐显出络腮胡的形状。此人着装正式,"扛"(这是李畅后来的说法)着一件加了垫肩的西服,鲜黄色领带。南都是热带气候,马东一头一脸的汗水,脚边立着一只半人多高的旅行箱。

"真凉快啊。"马东说。一股冷气正冲他迎面而来,几乎入骨。李畅将马东让进客厅,但没有马上关上防盗门,因为那口箱子还立在外面。马东会意,"待会儿我还要去酒店,一下飞机我就先奔您这儿来了。"他说。

李畅这才关上了两道门。

他趿着一双塑料拖鞋,身上只有一条和老岳去海边时买的沙滩裤,赤裸上身,瘦得肋骨根根可数。"不好意思,没想到你来得这么快。"李畅说着走进了次卧(他睡觉的房间),找了一件 T 恤套上出来了。

就这样,西服对 T 恤,尖头皮鞋对塑料人字拖,高大魁梧对瘦弱白净,两个人都坐下了。马东进门以前,李畅正在看一部毛片盗版碟,这时他按了暂停键,画面停止在一个局部特写上。李畅看录像的同时边在摆弄茶几上的茶具,泡工夫茶自斟自饮,这件事自然是可以继续的。他斟满一小碗茶水递给马东,对方一饮而尽。李畅又斟满了一小碗,马东又喝干了。就这样马东一连喝了七八碗茶。

"解渴!"马东说。

"这工夫茶解渴是解渴,"李畅道,"但不能一下子解渴。"话里面充满了玄机,马东听了不由点头,心想我没找错人。

昨天,在从东都家里去机场的路上,李畅和马东又断断续续地通了一阵电话,因此李畅对马东来访的目的是清楚的。这时他明知故问:"马兄找我有何见教?"

马东说:"就是我在电话上说的那些,我承包了《西都文学》,出任主编,无论如何要请你出山!"

"你当主编,我出山就谈不上啦。"李畅想开一个玩笑。

"是是,不不不,"马东有点慌了,"我们一起编《西都文学》,你我之外再没有第二个人,我……我可以给你一个副主编。"

"玩笑，玩笑。"李畅说，"多少？"

"多少？"马东不禁愣住了。随后他反应过来，"噢，你是说稿费，千字八十，标准在目前的杂志里是最高的了，也没有几家。我们要么不干，要干就得把事情干得尽量漂亮！"

李畅问："再没有其他了？"

"其他？"马东再次愣住。

这时李畅丢下马东，找到遥控器按了播放键，电视画面活动起来，音箱里传出恐怖的立体声。马东的脑袋里闪过一道白光（灵光），"哎呀！"马东大叫一声，"这么重要的事我怎么忘记了，你说的是组稿费，组稿费，而不是稿费！"

音响和画面都立止。"有的，有的，肯定有。"马东说，"越是重要的事这人就越是容易忘记，我记了一路……"

"多少？"

其实这会儿李畅已暗下了决心，低于千字三十他坚决不干。三十是底线，如果能争取到四十自然更好，否则他又是何苦呢？操心受累不说，还会坏了自己的名声。李畅一向以不和官方合作著名。因此当马东说出"千字一百"时,李畅以为自己听错了。"多少?"他再次问道。这个"多少"和上两次"多少"的意思已完全不同。

"一百。"马东小声嘟囔说,"您如果觉得不合适,我们可以再商量。"

李畅扔给马东一支烟,自己也点上了,努力使激动的心情平复下来。"你是说稿费千字八十?"他需要理清一下自己的思路。

"是,目前的最高标准……"

"但给我的组稿费是千字一百?"

"是这样。"

"也就是说我帮你组一篇稿子,比如说一万字,你给作者八百元,给我是一千,比作者多出两百?"

"是是。"

"这不合适吧,我比作者拿的还要多,那作者会怎么想呢?"

"作者不会知道,这是商业秘密……"

"不行,肯定不行。"李畅说着站了起来,向套间门的方向走了几步。站定后他转身对马东说:"马主编,你看这样行不行,我也拿八十,和作者一样?"——就像隔着一定距离才能把话说清楚。"这样才比较公平，可以说得过去。"

"不合适吧……"

两人为二十元的差额推让了几个来回，最后马东勉强同意了。

2

李畅帮马东拖着旅行箱，两人乘电梯下楼，去了附近一家五星级酒店，马东登记入住。马东换了一件丝绸质料的 A 货 T 恤，下身牛仔裤，脚上仍是那双尖头皮鞋。他夹着一个黑色公文包，这身打扮已经相当"南都化"了，就像当地那些无处不在的小老板或者高级白领。老岳就是这样的穿戴。

他们在附属于酒店的饭店餐厅里吃了晚饭，马东签单，一大转盘的酒菜大概只消耗了十分之一。饭后，马东力邀李畅进了一家 KTV，要了一个包房。老岳这么多年没有办到的事（拉李畅去唱歌），马东居然办到了。李畅说不清自己为什么就答应了对方，大概马东一直在絮叨"来了南都能不去夜店吗，那不就是白来了"，又说"就算你陪我，我们也需要庆祝一把合作成功"，李畅就只好像老岳一样"陪公子读书"了，平生第一次走进了这种地方。

马东却熟门熟路，一路向服务生点头致意。他不由分说就要了两个陪酒小姐，小红和小朵。好在马东没有进一步逼迫李畅唱歌。小红、小朵点歌、唱歌的时候，马东拉着李畅在一边聊得不可开交。李畅感到有些奇怪，他让马东也去唱歌，不要因为陪不会唱歌的自己耽误了娱乐。马东请李畅把心放回到肚子里，并说这里面有一个道理。"你没听说过以前大户人家请戏班子唱堂会？"他说，"和这是一个意思，图的也就是一个气氛。"

于是，在KTV包间特有的气氛下，李畅搞不懂是因为压力还是因为放松，居然向马东坦白了他的那点小心思。"我原定的底价是三十，心想能争取到四十就不错了……""三十，四十？""嗨，我是说组稿费……""哦。"

大概为了不至于让李畅过分不安，马东也对李畅做了坦白。"我准备出的组稿费也不是千字一百，而是八十，"他说，"这不怕你嫌少，张口一说就成一百了。""都怨我……""话可不能这么说，"马东道，"你不是自动降到八十了吗，和我准备出的一样，难道说这不是天意，不是缘分！来来来，咱们兄弟干了！"

两人各自握着一只啤酒瓶,瓶颈相交,碰了一下,彼此都仰天喝了一大口。这之后小红、小朵也不唱了,过来陪他们喝酒,音响里放了原声,歌唱越发甜美。

小红、小朵喝得既快又多,她们的开场白是:"老板,我敬您,您随意,我先干了。"然后一仰粉嫩的脖子就灌了下去。小红完了小朵接着来:"老板,你喝不喝无所谓,我先干为敬。"又一仰脖子下去了。杯子还没放下就招呼服务生:"点单!点单!"服务生从门外应声而入,或者原本就隐在包间黑暗的一角,轻捷地走过来,递上酒水单。酒水单是递给马东和李畅的,还没等他们反应,小红或者小朵也没有看单子就随口报出了酒名,完了冲马东、李畅妩媚地一笑,说:"老板,行不行啊?"他们未及回答,按照不否定就是默认的原则,小红、小朵转向服务生说:"还不快去,姐这已经没料了!"服务生嗖的一下就不见了。

酒水上来得极快,源源不断,啤酒、红酒、威士忌、鸡尾酒,各种瓶子、酒杯布满了桌面,但瞬间就变成了空瓶子、空杯子,酒水通通转移到小红、小朵的肚子里去了。色彩缤纷的光线下,李畅呵呵地傻笑着,就像是一个花痴。然后小红又去唱歌散酒了,小朵拿上手机去包间外面接电话,趁此机会马东问李畅,

"你知道她去干吗了吗?""接电话呀。""接狗屁的电话,她这是去卫生间里抠了!"

"抠了?"

"是啊,"马东将右手的中指、食指并拢,伸进口腔,做了一个抠嗓子的动作。"一抠就吐,这属于她们的职业技能,有时候都不用抠,头往抽水马桶里一伸,甚至都不用伸头,看见洁白的陶瓷马桶立马就吐。已经形成条件反射了。"

"你怎么知道的?"

"也没什么,这种地方去得多了自然就会了解。"

李畅的崇敬之情油然而生,也说不清自己是崇敬马东见多识广,还是佩服小红、小朵的职业精神。反正他是长见识了。

"我问你,我要的这包间还算有档次吧?"马东问。

"很豪华了……"

"那为什么里面不设洗手间?"没等李畅回答,马东又说,"我再问你,为什么小红、小朵尿尿那么勤?要不就是去外面接电话?"

"……"

"这消费的酒水,她们是有提成的,客人消费得越多她们就挣得越多,所以丫的就得不停地喝,不停地尿，尿不赢的话就得吐，就得抠！"

带着这样的新视野，李畅再看从包间外归来的小红、小朵，觉得她们就像换了一个人，不禁神清气爽。净空了的小红、小朵又开始了新一轮的狂喝。

后来李畅也去了一趟洗手间，并故意误入女厕所，果然听见有人在隔板后面呕吐。他赶紧止步，退了出来，那股特殊的异味儿萦绕着他一直进了男厕所。

马东也离开了包间一次，时间很长，长到李畅开始怀疑对方是一个骗子（纵情作乐后买单之前借故溜了）。然后，马东回来了，同样的神清气爽，就像换了一个人。"你也去厕所里吐了？"李畅问。马东呵呵了两声，未置可否。

"你为什么不制止她们？"李畅说，"真是太浪费了，多伤身体呀，太可怜了。"

直到 KTV 结束，李畅跟着马东回到后者所住的酒店房间里，马东这才回答了他。马东的意思是，这样的地方他并不陌生，但以前都是别人买单，自己从来没有做过东。今天不同，他终于干上了杂志主编，财权在握，可以做回主了。不制止小红、小朵，让她们尽情消费他是故意的。"想花费多少就花费多少，我倒要试试！"马东说。

他一面说一面脱去一身行头,只剩下一堆可观的白肉,在二十盏灯(顶灯、台灯、镜前灯、阅读灯、廊灯、地灯)的照耀下不免炫目。然后,他就去卫生间里"冲凉"了。冲凉后马东在大床边上的小床上倒下,把房间里唯一的大床让给了李畅。后者没有回老岳家,就在马东这里和马东"抵足而眠"了。

3

他们的第二次见面发生在东都,《西都文学》已经改刊,现在叫《都市文学》,并出了第一期。首期《都市文学》在文学圈引起了不小反响,特别是在年轻一代的写作者中,被争相传阅,大家纷纷投稿。李畅凭借个人感召力,也在东都建立了一支松散的《都市文学》供稿队伍。马东选择这一时机驾临东都应该不是无意的。他不免踌躇满志,大有巡视、指导之意。

按前例,李畅去了马东下榻的酒店,在酒店餐厅里吃了晚饭。席间李畅重申了他们的约定——自然不是关于组稿费的,组稿费已经寄达,否则也不会有《都市文学》。李畅重申的是工作方式,是否采用稿件一人一票,只有两票通过稿子才可以使用,只要有一人反对则不能用。李畅负责稿件质量,马东负责尺度把关……大概谈话逐渐趋于严肃,马东突然说起了他们在南都唱KTV的那个晚上。

"你知道我为什么离开了那么久吗?"他说,"不是去出恭,也没有去厕所呕吐。"

"那你去干什么了?"

"我去外面找取款机提现了。"

"为什么呀?"

"小姐喝成那样,我掂量了一下包里带的现金,肯定超额了。"马东说,"埋单的时候付不出钱来那不就太丢人了!"

"不能刷卡吗?"

"你不知道,那种地方只收现金,因为……"

马东的声音小下去,一副诡异的神情,仿佛他们又回到了那间KTV包房里,气氛暧昧而私密。马东神秘兮兮地说了很久,李畅还是不明所以,但知道对方这是在"揭秘",就像当时马东揭穿了小红、小朵呕吐的秘密一样。

与此同时,李畅的眼前出现了马东深更半夜满大街地去找取款机的画面。人生地不熟的,估计他走了好几条街。李畅有些感动了。

接待马东的重头戏是饭后的聚会，李畅召集了他在东都几乎所有的人脉资源，以示对马东的款待。来者有学者、教授、艺术家，当然也有作家、写手。事前李畅分别都打过招呼，提醒诸位马东现在是他的衣食父母，意思是要善待，帮他撑一回场子，加个势。这帮人自然满口答应。

地点安排在一家他们常去的酒吧里，里面客满，于是就在门外拼了桌子。一共拼了五六张小桌子，长长的一溜，周边坐了二三十人。

春夏之交，这个时节坐在室外正好，晚风吹拂，霓虹闪耀，不时有饭后散步的市民牵着宠物从小街上走过。也有风景可看。马东的座位被安排在桌子一头的顶端，李畅坐在马东左手，李畅对面是艺术家老潘。然后才是张旭、小二一干人，按年龄、身份以及和李畅关系的亲疏程度依次排了下去。

后来马东的女儿到了，服务生搬了一把椅子，马媛媛被安排在她爸爸身边，夹在马东和李畅之间。再后来教授兼学者型作家华大爷到了（迟到），又是一阵骚动。华大爷带了两个女研究生，华大爷身材高大，插进已经排定的座次里本已不易，两个女研究生还非要和华大爷坐在一起不可。终于都挤进了长蛇阵，一左一右地坐在了华大爷身边。

都坐安生了,按照现在的格局马东坐的是主位,越是靠近他这边就越是坐得密,上来的酒水、果盘、小吃大多是堆放在这边的。长条桌往另一端则坐得比较宽松,马东对面尽头居然空着两把椅子,没有人坐。大家说话时也都是倾向马东这一边的。这就让马东产生了一种错觉,以为李畅当晚召集的都是《都市文学》的作者,或者是力争在《都市文学》上发东西的作者,也就是李畅所说的供稿队伍。有了这样的认识,马东坐在主位上不免心安理得,并开始侃侃而谈,渐渐有了杂志主编的做派。李畅想提醒马东,已经来不及了。他几次想岔开话题,但无论李畅说什么马东都能接得上,这就麻烦了。

开始的时候,这帮人还能忍受,边听边点头。但点头并不代表同意,只是表示听见了,他们正在听。后来就丢开了马东,彼此另起话题交谈起来。马东不知深浅,吆喝道:"哎哎,你们听我说哎!这是一个很重要的问题……"所有的人都停顿在一个节拍上,抬起眼睛,目光唰的一下看向马东。

李畅见情形不对,赶紧用手指对面的老潘:"哎老潘,最近你还在画皮埃尔吗?""皮埃尔"是老潘最近十年来画的一个系列,是以一个叫皮埃尔的法国朋友为模特的。

老潘回答说:"我不画皮埃尔画什么,难不成画你们马主编?"语气中已有明显的讽刺意味。

马东也不提刚才的话茬了,转向老潘说:"原来你是画画的,艺术家,失敬失敬!年轻的时候我也画过画,后来觉得架上没意思就不画了。我最推崇的艺术家你肯定知道,太牛逼了,不是一般的牛逼!"

他一连说了两个"牛逼",大概是和老潘套近乎的意思。也许马东觉得艺术家和作家的不同就在于喜欢说这两个字。

"说出来听听。"老潘说,口气尤其冷静。但在李畅看来就像猛兽捕猎前的潜伏,他甚至听见了草梢窸窸窣窣的响动。

"谢德庆呀,"马东欢快地说,"难道他不是和你一样牛逼?"

马东想抖一下机灵,但老潘不予理睬。他说:"我是谁你知道吗?"

"知道啊,你是老……老潘。"

"不知道就别说知道。"老潘道,"就像你不知道我,我也不知道你说的谢什么庆。"

马东不禁愣住。大概就是从这时起他彻底掉进了一个陷阱里。

这帮人一般不会直接否定你，更不会和你针锋相对，采取的是某种釜底抽薪的战术。看起来把自己降到低得不能再低，实则是将你裸露在必杀的射程内，让你怀疑人生、自惭形秽，自我感觉就是一个头号大傻瓜。这一招李畅再熟悉不过，甚至就是由他发明的。曾有一个李畅反感的评论家采访李畅，问他最近在读什么书，李畅答："小人书。""小人书？"对方就像现在的马东一样晕了。

"也就是连环画。"李畅补充道。

这会儿制止老潘已经不可能，他微笑着问马东："你说他叫个什么庆？"

"谢德庆。"

"谁是谢德庆？我们真没听说过。"

"这、这怎么可能，他太有名了，在你们艺术圈……"

"有名我就必须知道？再说了，我也不是你们艺术圈的人。"

在马东看来，这就像和电影圈的人聊当代中国电影，对方声称不知道贾樟柯一样，不仅荒唐，简直不可思议。他涨红了脸，下意识地把手伸向一只啤酒瓶，一面在想该如何应对。老潘先于马东拿到那瓶酒，不无体贴地给对方倒满，然后再给自己斟上了，这才说："我是真不知道，不骗你。"满脸的诚恳。

"在座的华大爷读书最多，最有学问，"老潘道，"这世上就没有他不知道的事儿，我们可以问问他。"说着老潘转向华大爷的方向，隔着一个女研究生问华大爷："你知道谢德庆吗？"

华大爷呵呵一笑，说："这我上哪知道，我知道毛焰、张晓刚、何多苓、陈丹青、方力钧、曾梵志、周春芽、徐冰、黄永砯，当然还有你老潘，潘洗尘。谢德庆是谁啊？"

"他是行为艺术家，"马东讷讷地说。"主要在美国做艺术，是从台湾过去的……"

"台湾的呀，"华大爷道，"台湾有艺术家吗，有艺术吗？"

"台湾呀，"老潘说，"那还有什么好说的。"

两人一唱一和，面露得意之色。李畅气得直瞪眼睛，真想提起啤酒瓶向华大爷的大光头上砸下去，但因为马东在场他不便发作。同样也是因为当着马东，如此胡说八道才让他觉得孰不可忍。眼瞅着马东就委顿下去，再也不吭声了。一个人喝着闷酒，偶尔和自己的女儿（马媛媛）嘀咕几句，看着真让人难受。

张旭是第一次进入圈子。他是谁叫来的，不得而知，李畅只知道他玩音乐，搞过乐队，现在在东都一家电台主持音乐节目。张旭也不了解这帮人，不清楚其中的利害，因此当所有的人都声称不知道谢德庆时，他举手说："我知道，听说过的，谢德庆好像很有名，做的行为都是一年，花一年时间。"

没有人接他话茬，张旭只好越过四五个人寻找马东。后者对谢德庆的话题显然已失去了兴致，或者说被绝望的心绪笼罩，面对张旭的热情只是支吾了两句。

小二也是始终冲马东所在的这边说话的，但他的兴趣在马媛媛。或者小二觉得自己人微言轻，和马主编搭不上话，只有"曲线救国"了。他是更年轻一代的写手，深知马东之于《都市文学》的重要，马媛媛之于马东的重要更不用说。小二不停地劝马媛媛多喝点儿，"你要不要来一听冰镇可乐，兑着喝？"他说。

"喝冰的东西对女孩子不好，啤酒我也只喝常温的。"马媛媛回答。

"是是是，我也喝常温的。"

由于这两人（张旭和小二）的加盟，加上李畅从中接引、马媛媛的应对周旋，马东所在的这头终于没有完全冷场，甚至还很热闹。但就整个格局而言，已不再是以马东为中心了。老潘、华大爷另辟了场子，老潘甚至提着酒瓶坐到马东遥远的对面去了。李畅心里想：今天总算是应付过去了。

4

《都市文学》编辑部设在西都，李畅一次也没有去过。马东倒是一再相邀，声称西都比东都好玩多了，仅仅稍微不如南都。李畅表示以后有的是机会，不急这一时半会儿，把杂志办好才是正事。而办杂志，李畅根本不需要去西都。每月一次，马东将《都市文学》的来稿打包寄往东都，李畅只需要花半天时间就审阅完毕。每篇稿子他只需扫上一眼，最多读一个开头就知道是什么货色。倒也不是因为轻率和不负责任，李畅自信自己这方面的判断力是一流的，有一双火眼金睛，否则的话马东也不会花重金聘请他编稿、组稿了（后来李畅已不单纯是组稿了，编辑部所有的自然来稿都先交由他处理）。

随着《都市文学》的影响力上升，来稿自然增多，从西都寄来的稿子已经是一箱两箱的了。李畅审稿也就花上两三天时间，不过是打开纸箱扫上三四百眼，然后打电话给废品收购站，让对方派人上门，连同纸箱子一起称重后扛走。从一篇篇心血铸就的作品到一叠叠废纸也就是一瞬间的事，枪毙来稿从某种角度说就像杀人，这样的事干多了不免会留下心理阴影。李畅在不忍之余也感到了写作这件事的虚无，手头的长篇也一度搁置。好在他有马东按时寄达的组稿费维持生计。

李畅不去西都，马东自从来了东都一次以后难免望而却步，也没有再来东都。大约有一年多的时间他们没再见面，这也是《都市文学》大发展并逐渐跃上巅峰的时期。因为工作可以不见面，但联络感情却是必需的，因此隔三岔五马东就会给李畅挂一个电话。李畅一般不主动给马东打电话，这也是按马东的要求。"我打电话是公费，你打给我得自己花钱。"马东说，"组稿费里不包括电话费用。"如此的体贴让李畅觉得很是受用。

然后，李畅就觉得不对劲了。把打电话的主动权交出去，马东想什么时候打给他就什么时候打给他，想打多长时间就打多长时间。而且马东打电话没有规律可言，有时候三四天不打，有时一天要打四五个。

马东打电话也完全不择时地，那些电话有的是从马东家打出的，有的来自他的办公室，后来发展到饭馆餐厅、歌厅、洗脚房和发廊。马东特别喜欢在过夜生活的时候给李畅打电话。背景一片嘈杂或者歌舞升平，有时候也会一片静谧，伴随着马东在技师按压下的哼哼唧唧声。

马东会正在享受按摩的时候拨通李畅的电话，通话间隙他对揉捏自己脚板的小姐说："重一点，再重一点，你没吃饭啊？"

"吃了，盒饭。"

"那怎么行？下次按以前我请你涮羊肉。"

或者问："这是什么反射区，怎么这么疼？"

"老板你肾不好，像老板这样的肯定肾不好啦。"

"你是说我肾用多了？"

"用少了。多用那才能好呢，男人的肾就要多用，越用越好！"

"哈哈哈，你这不是把我往死路上指吗？"

调笑几句后，马东腔调一换，又对李畅说起《都市文学》的那些烦心事。"不是我不用那帮孙子，都是扶不起来的阿斗，白养他们还不行吗？还不讨好！现在杂志火了都他妈的红眼了，在背后捣老子的鬼……"

有时候，马东正和一个什么人吃饭聊天，说得兴起想起来给李畅打一个电话。"我说了，李畅不仅是我搭档，一起创业做事情的，也是我最好的兄弟，我们上辈子就认识了，他不信。哥儿们，告诉他咱俩到底是什么缘分！"

　　马东显然喝高了，把电话塞给千里之外的一个陌生人，硬是要让李畅说两句。两人都很尴尬，客套几句后李畅赶紧挂了电话。但不会超过五分钟，马东的电话又打了过来。"哥儿们，兄弟，李畅，李老师，李副主编，我的话还没有说完呢，我对你有千言万语……"

　　但最恐怖的电话来自深夜，马东一个人独处的时候。那会儿他的酒已经醒了，独自一人置身在酒店房间的大床上，或者就在他家里（这点李畅拿不准），背景很干净，一点杂音都没有。悔恨之余马东开始掏心掏肺。由于马东非同一般的清醒，李畅并不能把对方当成酒鬼敷衍，只有洗耳恭听。马东倾诉的内容也完全属于个人隐私。开头几次李畅还有一点感动，后来就发现不对了，马东谈论的隐私是极为片面的，既不涉及夫妻感情也无关他的收入状况，自己的过往马东更是不提。他只说他的"女朋友"，即使是女朋友也只说他们相处的某一特定方面。甚至也不是"他们"（马东和另一个女人），而仅仅是"她们"。

在马东的描述中自己似乎是不在场的，或者他可以置换成任何一个男人，"她们"则像是一些观察、试验或者考量的对象。这种客观性赋予了电话那头的马东格外的冷静。"她们的味道不同，有奶味儿的，有巧克力味儿的，"马东说，"我都亲自品尝过。当然了，也有味道不好的，很难闻的味道我也碰到过，就像是带鱼……什么，香水味儿？这你就外行了，好闻肯定不是因为香水，如果难闻加上香水味儿就更难闻了，绝对受不了……也不是因为洗澡，味道这玩意儿是洗不掉的，也添加不了，无法混淆，是天生的。我碰见过的最好的味道是酸橙味儿的，有一点点酸，但其实很甜……"

李畅无言以对，也非常尴尬，只好就语言问题说点什么。"你说的到底是味道，还是气味？这是不同的。"马东说，"科学表明，舌头只能粗略地辨别出四种基本的味道也就是滋味的信息，咸、甜、苦和酸，连辣味都不属于味道，属于感觉。我们所感受的味觉信息绝大部分出自嗅觉。所以说味道和气味在这里实际上是一回事。"

马东果然是这方面的专家。

由于谈话完全不对等,李畅不免只有点头的份,"是是,对对……"或者偶有赞叹和惊奇,"还有这样的?真不容易……奇遇呀,难得……"说完之后他又非常后悔,因为自己根本不是这么想的。为了避免自己的阿谀也真的因为厌烦,李畅开始长时间地沉默。

"喂喂,老李,李畅!你还在听吗?听得见我说话吗?"马东叫唤起来。直到证实电话信号正常无恙,马东再接上刚才的话题继续深入。

一次,李畅实在觉得忍无可忍,用对方听得懂的话对马东说:"你交女朋友总得上点档次吧,怎么净是陪酒小姐、洗脚房的?老马你可是《都市文学》的主编,文化人,需要有一点自我感觉!"没想到一语点醒梦中人,马东沉默了半分钟后说:"那你说我应该交什么样的女朋友?"

"兄弟,味道不重要,"李畅道,"重要的是气质,好歹有点文学细胞、文化含量吧?"

"我上哪去找这样的?"

"上哪去找?《都市文学》不是有女作者吗……"

"哦哦。"

李畅不知道自己是不是把马东指到一条邪路上去

了,这样的点拨是好事还是坏事。自此以后马东就不再谈什么味道或者气味了,只论气质,听上去到底能接受多了。什么某某气质不凡,是个正处级,某某是大家闺秀,某某某在英国留过学,会三四门外语,中西合璧。说得多了,李畅又开始厌烦,甚至更加受不了,心想马东还不如谈气味不谈气质呢,后者简直就是场语言灾难。

那些有气质的女人,在西都自然是难以寻觅,因此马东开始借口组稿频繁去外地出差。除了东都没再来,南都、北都和中都他都跑了个遍。马东打给李畅的电话也不再局限于西都,而是打自以上各个城市。但仍然是从歌厅、酒吧、洗脚房之类的场所打过来的。李畅心里想,狗改不了吃屎。

但还是有了一些变化。马东虽然会在这些地方给李畅打电话,所倾诉的内容已经和为之服务的人员无关了。他只聊有气质的女人,聊她们的气质。后来李畅发现,马东和女性交往是分两种情况的,他的女朋友仍旧产自原有行业,而所谓的"女性朋友"也就是那些有气质的女性,身份则是作家、记者、教授、公司高管、海归、艺术家或者国家干部。她们是他的精神寄托、形而上的崇拜对象。李畅的担忧终于可以解除了，马东并没有走到以权谋私索取性贿的邪路上去。

5

一天深夜，马东的电话又打了过来，并且历时很长。李畅实在太困了，就斜靠在座机旁边的沙发上睡着了。他是被听筒里传出的马东的嘶喊声惊醒的。"喂！喂！喂喂！李畅，老李！……你是不是心脏病发作啦……再不回答我就打东都120了！"

"我没事。"李畅赶紧抓起听筒说。

"你干吗去了，这么长时间没有声音？"

"我在录音。"

"录音？"马东警惕起来，"我们这、这是私人谈话。"

李畅也不知道为什么要撒这个录音的谎，大概是蓦然乍醒，情急之下没想周全吧。他的意思是虽然自己没在听，但因为录了音，以后是可以听录音的。"老马，你说得太精彩了！"李畅补充道，"如果录下来一个字不用改，就是一篇牛逼的小说，完全够格在《都市文学》上发表。"

这一次李畅真的把马东指到一条邪路上去了。后者信以为真，当即就决定开始自己的写作生涯。

马东没有要求李畅继续录音,并让后者将那段并不存在的录音删除掉。"我自己写,"马东说,"比这精彩的故事我多了去了。"

李畅完全赞同:"自己写就更好啦,文学这玩意儿毕竟首先是文字的……"

这次电话以后有很长一段时间,马东没有再给李畅打电话。也许是害怕李畅录音,也许,马东真的在写小说。李畅歪打正着,骚扰了他两年多的深夜电话终于告一段落。

然后,马东的小说就寄到了,名字叫《日日新》,通篇果然都是马东的亲身经历。这样的作品再差也差不到哪里去。况且李畅有言在先,他那票必须投给马东,加上马东本人一票,两票通过,《日日新》就在《都市文学》的头条位置上发表了。

自此以后,在两篇小说写作的间歇期,马东又会给李畅打电话,但内容已变。马东不再谈论他的女朋友或者女性朋友,只谈写作。李畅觉得舒心多了,而且也有了发言余地。他毕竟是写作方面的权威,尤其是马东心目中的权威。马东隐秘的生活淡出远去,要不伪装成某个小说情节,和李畅加以讨论。

"王刚好色不淫,虽然女朋友很多,但主要还是欣赏，在这方面他有很高的品位，毕竟是一个有成就的艺术家嘛。"他说。

"不不，不能这么写。"李畅说，"还是写成一个压抑的人有戏剧性。一个性瘾患者，以前是没有机会，一旦有了机会难免变本加厉。"

李畅不仅给出建议，还亲自动手帮马东修改小说，调整一些字句。《日日新》和《一日复一日》（马东的第二篇小说）发表后，李畅组织《都市文学》的作者队伍写评论文章加以评论，这些评论也是发表在《都市文学》上的。于是一颗文学新星在文坛上空冉冉升起，具体地说是在《都市文学》的上空升起。马东以写作为主业，业余时间编编杂志（当主编），他的常住地也从西都挪到了北都。

6

马东常驻北都以后约半年，突然宣布要当一名艺术家。这大约和北都的整体气氛有关，北都毕竟是文化之都，怀揣文艺梦想的人从全国各地奔赴至此。"要么不干，要干就得蒙个大的！"可以说是很多人的共识。和写作相比搞艺术自然可以搞得更大，马东明显受到了蛊惑。但同时也说明他的视野已不同于以往。

"你不写小说了?"当马东打电话给李畅时,后者弱弱地问。

"写。"马东说,"但现在写作对我来说是业余放松,做艺术才是我的主业,我的事业。"

"那编《都市文学》呢?"

"哦,那是业余的业余,混饭吃的。"

以前马东是怎么说的?写小说是他的事业,业余时间他编编杂志。

"编杂志的事就拜托你啦,"马东说,"我要净身出户,不不不,我的意思是要轻装上阵!"显然他仍处于宣布进入艺术界的兴奋之中。

本来,李畅还想再劝说一下对方。他想说:"排队排了半天,眼瞅着要轮到你了却换了个队排。"想想还是作罢了。

于是马东就开始做艺术家,筹划他的第一件作品。他租住了一处民居(以前马东来北都都是住五星级酒店的),租期半年,作品的名字也叫"半年"。这件作品有一个副标题"向谢德庆致敬",如名所示不过是对谢德庆作品的模仿。马东利用他的文学才华(终于用上了),略施小计,把事情给挑明了,如此一来就避免了剽窃或者抄袭的嫌疑。

下面，我们有必要聊一下谢德庆，这也是马东当年来东都想说而没有机会说的话题。

谢德庆，中国台湾省人，早年偷渡美国，当了十四年非法移民，直到1988年获得大赦。他最著名的作品有五件，完成于1978到1986年，也就是说完成以上作品时谢德庆还不是一个美国人，虽然他一般被认为是一名华裔美国艺术家。谢德庆的这五件作品都历时一年。

第一件，就是把自己关在一个笼子里，一年时间不说话，不阅读、不写字，也不看电视或收听收音机。

第二件作品是打卡，一天二十四小时每过一小时就打一次卡，时间仍然是一年。

第三件作品是不进入任何建筑物，包括地铁站、山洞、帐篷和所有的交通工具，总之头顶上方不能有任何遮挡物。时间一年。

第四件作品是和另一位女艺术家生活一年，两人之间拴了一条八英尺长的绳子，须臾不离，但又不得有任何身体接触。在北都的一次聚会上，马东有幸见到了老迈的艺术家本人，对这件作品尤其感兴趣。"你们真的没搞过？"马东借着酒兴问。

"没有。"谢德庆当即否认,脸似乎还红了一下。或许也是酒喝多了吧。

"那后来呢?"

"后来也没有。"

"后来的后来呢?"

"作品完成以后很久我们才又见面,"谢德庆正色道,"但并没有发生您认为的那种事。"

谢德庆仍然足够敏锐,他只是不再做作品了,也开始来往于中国大陆和美国之间,享受属于他的荣耀以及像马东这样的粉丝的朝拜了。

谢德庆的第五件作品也为期一年,题为"不做艺术",就是一年的时间不谈论、不观看,也不阅读艺术,不去画廊和博物馆。这件作品马东比较不以为然,觉得太小儿科了,他也能做,并且自己一贯都是这么做的(至少在他成为一名艺术家以前)。

五件作品以后,谢德庆又做了一个叫"十三年计划"的作品,同样没有任何内容。十三年后千禧年的第一天,谢德庆在位于纽约的约翰逊纪念堂当众宣布:"我存活了!"在马东看来这根本就不是行为,只能算某种观念,作为观念也非常投机取巧。

"这件作品是以他前面的五件作品为前提的。"李畅说。

"倒也是哦。"

马东对谢德庆的兴趣主要集中在前四件作品上，尤其是第一和第四件作品。他计划将这两件作品加以改造，合二为一，第一件作品中的笼子改为房间，再加上第四件作品的男女配搭。《都市文学》在北都的一位女作者差一点就接受了马东的邀请，准备与其共度半年时光，但最后一刻变卦了。另有一件事也不能如愿，谢德庆本人原本答应来剪彩的，后因身体不适只好作罢了。

除了这两点遗憾外就再无遗憾，马东的"半年"行为如期开幕，各媒体记者到场，公证员公证，马东在他的作家、艺术家以及各界朋友的簇拥下进入房间。一干人退出，从外面带上马东住处套间的门并贴上封条。开幕仪式结束。

和谢德庆第一件作品的规则一样，马东不得说话，不阅读、不写字，也不看电视或收听收音机。但时光毕竟过去了三十年，时代已然不同，马东为自己保留了上网的权利，在互联网上说话、阅读、打字和收看是允许的。事前他特地将自己的QQ号告诉李畅，一再嘱咐对方保持联系。即便如此李畅还是觉得耳根清净了,他的座机不再会深更半夜响起。在网上聊天李畅也可以随时走开——何况马东不是和他一个人聊,同时在和十几个甚至二十个人聊,少李畅一个也于大局无碍。

将谢德庆的一年打对折变成半年,这出于马东对自己耐心的估计,属于自知之明。但李畅对马东的估计还要不如一些。李畅觉得马东最多坚持两个月,能挺过一个月就已经很不错了。

"不能。"马东在QQ上说,"半年是做了公证的,有摄像全程记录,这屋里到处都是摄像头。"

"我不是让你作弊,"李畅道,"是说你不可能坚持到底。"

"那不就丢大人了,怎么地我也得坚持到底!"

一次,李畅主动在QQ上联系马东。因为李畅从不主动联系对方,马东不禁警觉:"怎么,你来北都了?"

李畅未及回答,马东又说了一大串:"你什么时候不能来啊,这时候来!我不见你吧也不对,我们是什么关系?出来见面,这不是没到时间吗……你容我再想想。"

李畅一时兴起,决定考验一下马东。"你就出来吧,我难得来一次北都,我们有三年没见面了吧?"

"不行。"

"反正你也坚持不到半年,早出来晚出来几天有什么区别?"

"是吧?"马东于是下了决心,"那行吧,我豁出去了!把你酒店的地址告诉我,我马上下楼打车。"

李畅告诉马东,他并没有来北都,仍然在东都,和他联系是商量换一篇小二的稿子。《都市文学》定下的那篇小二同时投给了《收获》,对方也已经决定采用。

"什么玩意儿!"马东勃然大怒,"我得马上去东都,当面教训一下这小子。仗着我是他长辈,就可以为所欲为不讲规矩了!"

李畅好说歹说将马东摁住。那天晚上,马东既没有奔火车站买票连夜来东都,也没有离开他做行为的房子。过了一天,也就是"半年"行为开始后的第五天,一个北都的朋友给李畅打电话,背景嘈杂不已。哥儿们的舌头就像短了一截,显然喝多了:"你……你猜猜,使劲儿猜……用吃奶的劲猜……我、我和谁在一起……给你一百次机会,你……你也猜不到……"

"马东。"李畅说。

"你……你不可能猜到……"那边还没完没了了,

"马东、马主编自己都猜不到……"

然后电话就到了马东手上,他比刚才的那位稍稍清醒。"你……你太坏了,就是个坏人!"

"我坏?"

"你不相信兄弟啊,不相信我能做行为,做艺术……你把我看透了……"

马东的意思是,因为李畅不相信他所以他才选择了破罐子破摔。如果李畅相信他,那他的行为就能进行到底。由于喝多了,马东的思路无法顺利地转换成语言。李畅敷衍说:"甭管我坏不坏吧,你出来了就好。被关了几天遭大罪了吧?"

"我又不是坐牢……"马东嘟囔说,"坏人,太坏了,笑话我……"

"半年"行为不了了之,马东坚持了不到一个星期,的确有点说不过去。他将自己的放弃归咎于李畅,说李畅勾引了他,谎称来了北都,拉他出去喝一顿。"你说这念头一起,能刹得住吗?"马东最后在 QQ 空间留言说。

"本人挣扎了一晚上,又熬了一个白天,第二天狗子老师一招呼,那不就奔夜市一条街了?谢谢,谢谢大家的关心!"

7

三年以后马东第二次飞临东都，装扮已经大变。他再也不是西装革履，穿一条带破洞的牛仔裤，脚上一双高帮军靴皮鞋，外套一件紫红色甩帽衫。头发留得很长，差不多已经及肩。马东长发飘飘，胡子拉碴，俨然是一位颓废但却正在奋斗的艺术家，还斜挎着一只那种拍屁股的大扁包。

和三年前一样，李畅打车去了马东下榻的酒店，并在酒店餐厅和对方共进了晚餐。

马东每次来（虽然只来了两次）首先要见的人就是李畅，这让后者不免感动。这里面有一个道理。马东的女儿马媛媛也在东都，和马媛媛相比李畅和马东的关系再重要，毕竟不是马东家里人。马东先公后私，先朋友再女儿，在他就像是天经地义的。甚至来东都的消息也不是亲自通知女儿的，而是要让李畅代为转告。

"晚上把马媛媛也叫上。"这是马东第一次来东都时说的。

第二次，也就是这次，说到晚餐后去酒吧和《都市文学》的一帮作者见面,马东说:"你把小二他们也叫上。"这里的"他们"是指小二和马媛媛,两人谈恋爱已经有一两年了。马东甚至没有提马媛媛的名字。

父女俩的关系到底如何?李畅并不是很清楚。他只知道当初马东给自己打电话,他的号码是马媛媛帮马东搞到的。说不定和马东合作也是马媛媛推荐的。当时马媛媛在东都读本科,专业是中文文秘,平时大概也写点东西。她属于李畅圈子外围的外围,但打听到李畅的电话还是没有问题的。马东对马媛媛要求严格,至今也没有在自己主编的《都市文学》上发过女儿写的东西。如今马媛媛已经大学毕业了,去了一家电脑科技公司。

上文说过,马东特别喜欢和李畅聊他的隐私,但所聊的方面又极其片面和狭隘,只涉及他的女朋友或者女性朋友。至今李畅也不知道马东有没有老婆。他当然是有过老婆的,否则也不会有马媛媛,但现在有吗?如果有,马东的老婆是马媛媛的亲妈还是后妈?至少这亲妈或者后妈和马东关系不怎么样,他有老婆就像没有老婆一样。

晚餐后的聚会仍然在上次那家酒吧,四五张小桌子在室外排了一长溜,周围坐了二三十人。马东当仁不让地坐了主位，也就是那一长溜某一端的顶头。马媛媛和她爸坐一边，李畅和小二分别坐在他们的左右手。格局和三年前差不太多，只是老潘、华大爷几位没有到场。李畅没有通知他们。

在酒店的时候马东曾问过李畅："晚上你都叫了哪些人？"李畅会意，说："也就是《都市文学》的作者，没有不相干的人。"马东说："这就好，这就好。"显然他不愿意再见到老潘和华大爷。当然，如果"半年"行为最终得以完成，那就另说了，想必马东是很愿意见到老潘他们的。

李畅不由得想道，马东之所以要当艺术家并且模仿谢德庆，和上次他栽的跟头是有关系的。在哪里跌倒就在哪里爬起来，至少是马东的动机之一。

这一次，马东没有谈艺术，更没有谈他的"半年"，在酒店吃饭的时候没有谈，饭后在酒吧聚会时也没有谈。马东仍然滔滔不绝，所涉及的内容只限于文学和写作。他谈《都市文学》，谈他的《日日新》和《一日复一日》，看来马东已经决定回归小说。在场的人无不频频点头，不时起身敬酒，口称"感谢""景仰"之类。一个人说马东就是当代伯乐，另一个人不同意，说马主编本人就是千里马，第三个人反驳道："马主编根本就不是一匹马,而是一头羊……"大家正惊诧之际,那人又说:"我们的领头羊!"觥筹交错,气氛非常热烈,并且是有中心和主题的。李畅心里想,马东第一次来东都所蒙受的耻辱终于得到了一些补偿。

他注意到一件事,马东自始至终没有和小二说过一句话,甚至都没拿正眼看过对方。马东不是说要来东都亲自教训小二的吗?大概不予理睬就是教训了。他黑着一张脸,不搭理小二和马媛媛(他俩坐在一起),不知哪来的光线照射着马东老脸的一侧,对着小二他们的那侧始终处在阴影里。小二和马媛媛则仰着面孔,平面而稚嫩的脸上洒满柔和的光色。

在马媛媛的暗示下,小二举杯向马东敬酒,后者装作没看见,而是和边上的李畅喝起来。"哎哎,"李畅提醒说,"小二敬你酒呢。"

"这《日日新》里一共写了多少种酒?"马东顾左右而言他。"我告诉你,一共写了二十三种酒,一天一种,我一共写了二十三天!"

"马主编的小说不细读还真是不行,"一人插话道,"不细读你就错过了这些裉节儿。"

"那你说说看,我都写了哪些酒?说出一种我就喝一杯!"

"这……"

马媛媛始终拉着马东的一条胳膊,马东也让她拉着,但就是不转过脸去。"爸——,爸——"她边摇他的胳膊边轻声呼唤,摇晃的幅度也不大,也不知道是个什么意思。是让马东少喝点,还是让他和小二说句话?总之马媛媛一直在边上哼哼唧唧的,马东一直不为所动,对着一帮年轻人侃侃而谈。而在他们的头顶上方,伞盖一般的树冠窸窸窣窣,枝叶随风错动,伞盖下的桌面上,杯瓶烟缸一片狼藉,镜片、眼波时而闪烁。

李畅走进酒吧里面上厕所,出来时远远地看见街角上的这一幕,不禁有点感动了。他似乎明白过来,马东不理睬小二是因为嫉妒,后者众目睽睽下就把他的宝贝女儿给夺走了。同时李畅也明白了马东和马媛媛之间父女情深,不做这样的解释真的无法理解。

8

在北都前后住了约一年,马东撤回了西都。他不再提做艺术家的事,一门心思编杂志和写小说。大概是因为北都生活的后遗症,马东的心境已乱,小说怎么也写不出来。开了无数的头,就是没有成篇的。在电话里李畅安慰马东,"这很正常,你遇到了瓶颈,而瓶颈正是一个自觉的小说家深入的标志",又说"写不出来的时候不要硬写,心里面想着写小说就可以了。这就像怀孕,有一个构思和酝酿的过程,时间一到就会自然分娩"。

于是马东就再也不提写作的事,半年没提,十个月过去了也没提,这都一年多了,李畅心里想,就算是怀了一头大象那也该生出来了。最后,还是李畅主动提起了这回事,马东说:"我正怀着一个人呢。"语调颇为神秘。"怀了一个人你懂吧?你肯定懂。"他已经忘记了用怀孕比方写小说是李畅的发明。直到马东离开《都市文学》主编的岗位,他怀着的那篇小说或者小说人物也没有任何动静。

有更棘手的事需要处理。《都市文学》的巅峰期已过,四年多下来积压了无数问题。不用原编辑部的人员编稿,只给他们发基本工资,这帮人闹了一阵后也就算了。与此同时,《都市文学》也很少用本地作家的稿子,这些成名人物自然比编辑部的人更有能量,屡次三番去主管部门告状,拿《都市文学》用稿的尺度大做文章。加上马东行事张扬、高调,寸头变成了披肩长发,从北都归来后穿得不伦不类,在西都这种地方几乎就等于一个异装癖,一看就是异类。被领导召去谈了几次,马东虽然递交了检查,但也知道他的日子不多了。他的日子不多了,也就是《都市文学》的日子不多了。

改刊之初,李畅和马东还有一个约定,刊物五分之四的篇幅用来发表"真正的文学",五分之一用于发关系稿或者软广告。因为刊物要生存,在人际、商业方面需要做一些妥协,这个道理李畅自然明白,所以才有了这个情理兼顾的比例。那五分之一完全由马东掌握。到了《都市文学》后期,马东不断告急,五分之一的限定越来越守不住了。即使马东穿回了正装,剪去了长发,并且不再染发露出几年下来因辛勤工作而造成的谦逊的银丝仍无济于事。一天深夜,在马东长达两个小时的诉苦以后(下午他刚刚去了有关部门,又交了一份检查),李畅终于松口了。他说:"反正没几期了,我们就放开来编吧,把扣住的朋友稿子全发了,还有领导的稿子……"

"那《都市文学》还是《都市文学》吗?"马东问。

"该还的情都还了吧,趁你现在还是主编。"李畅做梦也想不到,自己会反过来劝说马东。

"你不在乎?"

"在乎什么?"

"比如说你的名声。"

"你不在乎,我有什么好在乎的?"李畅说,"到了这份儿上,我们已经绑在一起,谁不知道《都市文学》是你我编的。"

"要不这样,"电话那头马东沉吟良久,"反正是最后几期了,放开来干我同意,但不是发领导的稿子,不如干脆把事情搞大,把那些因为尺度问题发不了的东东他娘的通通给发了!谁怕谁啊!"

李畅愣住了。的确,相同的情势下他们可以有完全不同甚至相反的选择。他正在考虑对方提议的可行性及其后果,马东说道:"我也就是这么一说,太他娘的憋屈了!"

马东退缩了吗? 也许。但李畅知道,如果他热烈响应,把格局再次变成他劝说对方,这人没准真的就会那么干。这是第一次,李畅看出了马东身上的赌徒本性。与之相比,他在北都大张旗鼓地做"半年"不过是沽名钓誉而已,是不会有实质性的危险的。不管怎么说吧,马东能这么想一想,以"杀身成仁"作为《都市文学》最后的绝响,还是让李畅刮目相看了。

李畅没有附和马东,两人又回到了《都市文学》前途的第一种选择上。李畅没有忘记提醒马东:"马媛媛的诗我觉得可以发一组了。""她?"马东说:"还是算了吧,媛媛不是这块料,就别掺和了。"

马东的反应再次出乎李畅的意料。当天晚上李畅第二次(又一次)感动了。就像人之将死其言也善一样,虽说《都市文学》的结局并不是马东之死,但他还是感到了对方令人钦敬的一面。

这次通话以后有很长时间马东没有再打电话,李畅正琢磨是否要主动去电话询问一下情况,最新一期《都市文学》寄达了。刚开始的时候,李畅没有意识到那就是《都市文学》。他那每天都会收到不少赠阅杂志,除了文学类偶尔也会有时尚娱乐杂志或者内部印刷的广告类杂志。有些杂志非常"野鸡",上来就是一个美人头,一看就不上档次。这样的杂志李畅都懒得拆包装。新到的这期《都市文学》装在印有"都市"两个美术字的信封里,拆开以后李畅顿时傻眼了,封面竟然是一个娱乐圈的女明星,和信封上同款的"都市"两个大字印章一样地盖在女明星隆起的大胸上。

千真万确这就是《都市文学》,毫无异议。

再看那个女明星,李畅压根不认识。照片也不是在专业摄影棚里拍的,八成出自某个影楼,完全是影楼或者婚纱照风格。

"这……这他妈的是谁啊?"这一问题立刻就被"这他妈的还是《都市文学》吗?"取代了,占据了李畅的心头。但很快,大概只有两秒钟,李畅反应过来,那女人根本就不是女明星,而是马东的女朋友,只有这一种可能。

他仿佛看见了女人的巴掌小脸旁边凑过一颗马东硕大的脑袋,位于杂志封面的边框外。这自然是一个幻觉。在幻觉中马东西装革履,打着鲜黄色领带,就是他和李畅初次见面时的装扮或造型。女人则纱裙曳地、飘飘若仙(女),李畅甚至看见了她染得血红的十枚长指甲以及马东的白手套。

李畅不忍但还是翻阅了整本杂志,里面竟然有图片插页,仍然是那个女人的大头照或者半身照。加上封底,这本《都市文学》竟有六张(六面)那女人的照片。风格一致,定然出自同一家影楼,并且是同一时间拍的同一套照片。那套照片里肯定有马东,呼之欲出。

如果连李畅都能猜出那是马东的女朋友,继而牵连出马东,西都的文学圈就更不用说了。那么多的人眼睛盯在他身上,注视着马东的一举一动。马东大约为了避嫌,女人的照片下没有任何说明,既没写这是谁,也没写是谁拍的。就这么光秃秃的六张西都影楼水准搔首弄姿的美人照包裹并镶嵌于《都市文学》这本号称中国《纽约客》的文学杂志里。

当晚,马东果然给李畅打了电话。他开门见山地问:"杂志收到了?"

李畅答:"收到了。"再没有下文。他没有提新一期《都市文学》的事,也没有提《都市文学》之外的事,只是沉默。

两人捱了一会儿,电话那头马东叹息说:"唉,小女孩,拿她没办法,大学还没有毕业呢。"封面上包括杂志里面的女人,虽然妆容很厚涂抹严重,似乎年纪的确不大。李畅想起他第一次见到马媛媛,她是一名大三学生,也就是说那女人或者女孩比马东的女儿还小。

"文秘专业的?"李畅问。

"是啊,"马东欣喜地叫道,"你是怎么知道的?"

李畅没有说,你女儿当年读的也是文秘。

又过了一会儿,马东说:"小温问你好。"

"小温?"

"嗨,就是《都市文学》上的那女孩,现在可是咱们的封面女郎啦,哈哈,哈……"马东在电话里干笑几声,见李畅没有反应就刹住了。

"你是说下面的《都市文学》还要用这个什么小温的照片?"

"不是你说的吗,咱们要放开来手脚干。"

"我是说过,但……"

"没有什么但啦,放开来干那就放开来干嘛,一切都是在你的指导下进行的,老李,李主编……你有什么照片要上《都市文学》,拍好了只管发给我,我们可以发一组这样的照片,看着也养眼。"

"我没有照片要发。"

"不是说你啦,是说你有什么女孩儿……"

"也没有什么女孩儿。"

"也行吧,那我可就当仁不让啦。"

照片的事到此为止,之后,马东便顺理成章地说起小温。他不无坦诚地告诉李畅,他俩正在同居。马东说他虽然回了西都,但并没有继续以往在西都的生活方式,现在他的女朋友也没有几个,变得越来越专一了。这还不是关键,最关键的是,现在他的女朋友,比如说小温,层次和以前已经大为不同,升上去了。不再是洗脚房或者歌厅里的,虽然不是女作家或者女艺术家,但将来完全可以培养成女作家或艺术家。"媛媛不就写诗吗?"马东说,"小温也写诗。"

李畅觉得这种时候马东提到自己的女儿很不合适,但也知道他是在举例子。"你不是要培养媛媛她的诗吗,我也可以培养一下小温……"

马东越说越不像话,李畅不得不打断对方:"马媛媛写诗和我一点关系都没有,要说培养也是小二在培养……"听上去还是很不对劲,看来李畅还是着了马东这个老狐狸的道。

"他培养个屁啊,小二几斤几两我还不知道?他还是你培养的呢!"马东变得愤愤不平,愤怒之中又含有明显的对李畅的恭维,李畅几乎被马东绕昏了。完了马东总结说:"我们都是在你的指引下前进的,别人我不敢说,我肯定是要感恩的……"

"别别……"

"你让我把话说完。你让我最后几期放开来干我就放开来干,你让我交往女朋友要注意层次,我就注意了层次,这不都是因为你吗,响应你的号召,兄弟!"

原来,马东的伏笔在这里,一切,他马东包括《都市文学》的今天,无论好坏都归结到了李畅这里。

"行吧,"李畅说,"我负全责。"

仿佛为了回顾一把当年他们的相识相知，以及其后的交往，马东开始谈细节，内容越来越隐私，所指也越发狭窄。马东谈到他和小温同居的房子，从房子谈到他和小温睡觉的席梦思床垫，从床垫到被窝，从被窝到"小夜衣"。方寸之地，马东思如泉涌。

这样的谈话已经中断两三年了，就像是昔日重来。李畅将听筒扣在桌子上，点了一支香烟，马东的声音挤出桌面和听筒之间的空隙，吱吱嘎嘎的，非常奇怪。在狗窝里睡觉的球球被惊动了，摇摇摆摆地跑进客厅。球球一时辨别不出声音的来源，对着阳台门吠叫不已。"怎么回事，谁在说话？"听筒里的马东提高了音量，显得不无紧张。

"没什么，我养了一条狗。"李畅只好拿起听筒说。

"真是狗？"

"是啊，它叫球球。球球，球球，过来……"

球球跳到了李畅的膝盖上，李畅抱着它，一面捋着狗毛加以安抚。他再次将电话听筒扣在了桌子上。

客厅里没有开灯，月光一直照射到前方的阳台上。李畅坐于黑暗中，怀抱着一只肥白的小狗。说他在接电话吧，听筒又倒扣在桌子上；说他抽烟吧，那支香烟架在玻璃烟缸的边沿独自燃烧，烟灰越来越长，香烟在自我吸食。他两眼放空，同时又在寻找目光的降落之处。阳台上方的晾衣绳上悬挂着一条浅色浴巾，这时月光把它映得雪白，在夜风中微微摆动，就像是一小块银幕。李畅的视线终于有了落点。他就这么看着，四五年来和马东交往的时光如水一样地汨汨流淌过去，似有所见，又朦胧一片。

9

一天夜里，李畅的电话又响了，接起来不是马东，竟然是小二。小二要请李畅吃夜宵，说自己已经在夜市烧烤摊上。自从李畅帮小二接上马东和《都市文学》这条线，对方就不怎么联络他了，主动要求请客更是从来没有过的事。

李畅打车前往，到了地方，只见桌上只有小二一人，两副餐具都没有打开。显然小二只请了李畅。小二站起招呼李畅坐下，然后自己也坐回了原先的座位。"这不，我刚从东林大回城。"他说。

东林大就是东都林业大学，地处东都南郊，想必校园里也是林木森森。"深更半夜，你跑那干吗去了？"李畅问。

"说来话长。"

小二丢下话头招呼服务生,点火、上肉串、倒啤酒。这一大套忙完,他举杯和李畅碰了一下,率先喝了一大口啤酒这才说:"我去找一个人……也不是啦,是去探一把路,这不觉得哪里不对,才要找大哥你商量吗?"

小二什么时候称呼过李畅为"大哥"?看来他真的碰到事情了,而且此事非比寻常。

一周前,马东给小二打了一个电话,一开始小二认为马东是找马媛媛,没找到才把电话打给他了。"媛媛加班,"小二说,"回头我告诉她,让她给您回电话。"马东说:"我知道她加班,你俩不在一起,所以才打给你的。"

小二于是知道了两件事。一,马东找的的确是自己。二,接下来他要说的事需要回避马媛媛。

马东让小二去东林大找一个人,给了地址,某某学生宿舍楼某某号房间,要找的那个人叫"软件大盗"。小二问:"学名叫什么?"马东说:"你甭管,反正敲开门以后就问,'谁是软件大盗?'只要有人应了这名字照脸上狠狠打一拳你就跑……"小二立刻就慌了,说:"我这体格您又不是不知道,平时连你们家媛媛都打不过。"马东说:"对方体重也就一百来斤,身高一米六四,我都调查过了。两泡牛屎墩子那么高,连你都不如。"

小二仍然很犹豫,马东又说:"如果你没这个胆,就带几个兄弟去。"

"兄弟? 我哪儿有兄弟。"

"带几个《都市文学》的作者去,在《都市文学》上发过作品的。"马东说,"你就对他们说,养兵千日,用在一时,但别说这话是我说的,就说是你自己的认识,报答《都市文学》的时候到了。就说要打的这人碍了《都市文学》的事。"

但到底为什么要揍"软件大盗",小二还是不知道。他很知趣地没有追问。最后马东再次嘱咐,他打电话的事不要告诉马媛媛,也不要告诉李畅。"这样的任务我只能交代给你,将来你和媛媛结了婚,我们就是一家人了。不不,现在我们就是一家人。"

马东直接就把马媛媛许给了小二,后者只好应承下来。

使命在身的小二始终感到不踏实,但又不能找人商量一下,就这么拖延了一周。直到昨天晚上马媛媛再度加班,马东的电话又打了过来。

马东问小二,事情办得如何了? 小二说:"我正在准备。"马东说:"没去正好,我忘了一个关键性的步骤。你照小狗日的脸上打一拳,一边打一边要说一句话。""说什么话?""你得说,'你认识小温吧,西都的小温。'说完这句话再跑,否则打也白打了。"

"小温?"小二完全摸不着头脑。

"是啊,"马东说,"我现在的女朋友,我们是要结婚的,也就是说将来她就是你后妈,不对,是你后岳母,反正以后你是要喊妈的。你对你后妈要尽到责任,所以务必去一趟。"

小二直接就听晕了,一时不知道该作何反应。缓了一会儿他试探着问:"就算这位小温将来要和您结婚,我对她负有责任,但和我去揍软件大盗有什么关系呢?"

"这不是明摆着的吗?"马东说,"如果你不去或者去晚了,小温就当不成你后妈了!"就像小二有多稀罕小温当他的后妈一样。他心里嘀咕道:"她他妈的谁啊,老子认识她吗?"但没有说出口。

这会儿小二边用尖牙撕扯着铁签上的牛筋,边问李畅:"他怎么不找你?"

"找我?"李畅说,"我又不是马东未来的女婿,我们是朋友、同事,你可是他的家里人,人找你办的也是家务事。"李畅开始调侃小二。在聆听对方讲述的过程中,他一直在喝啤酒,基本上没吃东西。

"假如呢?"小二问,他手边的啃净的铁签已经堆成了一座支支叉叉的小山。"假如马东让你去揍软件大盗你会去吗?"

"当然不会。"李畅说,"这叫个什么事儿啊!又不是小朋友过家家,人家大学生跟你女朋友搞网恋,少男少女的合理合法,你他妈的马东多大了?搞什么搞!我不仅不会去,还要奉劝马东放弃如此荒唐低幼的行为,太丢人了!"

"哦。"

"我也劝你不要去,当然了,你不要告诉马东是我说的。打一拳就跑,说得轻巧,你跑得脱吗?认识路吗?上楼、下楼,还要穿过东林大校园,地形你熟悉吗?出来是什么地方?你还要回城。宿舍楼里住了多少学生,万一喊起来怎么办?不是万一,是肯定要喊的。学校保卫部门也不是吃干饭的……"

"谢谢老李的关心。"小二说。他喝了一口啤酒,漱了漱口,咽下去。"这不,晚上我去踩点了吗,问题不大。软件大盗的宿舍在二楼,出了宿舍楼三十米围墙上就有一个豁口,过一条土沟就是公路,我可以打车去,让司机在路边等我。双程计费加上计时,反正他回去也是跑空车……"

"你决定去了?"李畅问,对小二的勇气不禁刮目。

"那倒也不是。"小二说,"任务本身不是个事儿,问题在于值不值。"

"值不值?"

"是啊,所以我才需要你帮我拿主意……"

小二不吃烧烤了,开始纯粹喝啤酒。他不断举杯,也不管李畅有没有反应喝没喝,自己先灌下去再说。很多人都是这样,喝啤酒的时候不吃东西,吃东西的时候不喝啤酒,显然小二烤串已经吃到位了。谈话至此也换了一个主题,小二撇开去东林大的事不提,开始问《都市文学》的前途。他问得非常仔细,还能不能办下去?如果能办还能出几期?马东的主编会不会撤换?如果马东仍然担任主编,《都市文学》是不是就改走畅销路径了?有没有可能再回到以前的档次和严肃?

很显然,最新一期《都市文学》小二也收到了,但他没有谈到封面、封底以及里面的插页。没谈但也等于谈了。

李畅仍然保持着前面的速度,不紧不慢地干喝着啤酒，一面回答小二的提问。李畅心想，这哥儿们到底是个什么意思？这些和他去东林大揍人又有什么关系？和"值不值"有什么关系？突然李畅就明白了，小二是否会完成马东的嘱托，完全取决于《都市文学》以及马东的前途。

小二自然也知道李畅知道自己在说什么，因此并没有多加解释。李畅也知道小二知道他知道。在双方彼此都心知肚明的情况下，李畅明白了一件事，只有把《都市文学》的前景描绘得彻底不堪，才有可能制止小二前往东林大。

"最多还有一期吧。"李畅说，"就算还有一期，马东还是要发小温照片的。"

"小温照片？"小二大吃一惊，"你是说那个影楼照上的女人就是小温？"

"是啊，你不知道？"

"不知道，我真不知道。"小二干了一满杯啤酒，大约是给自己压惊。他用餐巾纸胡乱擦了一下嘴："这他妈的就是我未来的后妈，后、后岳母？整个一个站街女啊……老狗日的真的疯了，疯了，这他妈的不是往死里搞吗？"

李畅觉得他的目的已经达到。他开始担心小二和马媛媛的关系,于是问:"东林大你就不去了?"

"去? 傻×才去呢!"

"马东可是你将来的岳父,是他交代你的任务。"

"傻×才是我的岳父呢……不,傻×才会有这样的岳父,我傻×啊!"

"话不能这么说,一码归一码,你和马媛媛是要结婚的。"

"傻×才会和傻×的女儿结婚……"

"你什么意思,和马媛媛不谈了?"

"走着看吧。"小二说,"真他妈的太傻×了!"

10

《都市文学》终于再次改刊,变回了《西都文学》。主编易人,马东不再担任主编。李畅掐指一算,他和马东合作了四年零四个月,编辑出版刊物共二十六期(《都市文学》是双月刊),其中至少有二十三期他们编得问心无愧。最后几期不提也罢。

单就个人而言,四年多的经历还是很有价值的。马东离开了原单位,但是从杂志主编的位置上离开的。他平级调动去了南都,出任南都艺术学院图书馆馆长。

李畅则失去了组稿费、编辑费收入，困顿了半年后又开始写长篇（平时也为报纸副刊写点专栏文章，用以贴补生活）。

　　李畅心想，这下马东有时间了，可以安下心来和自己一样写作了。图书馆馆长想来是个闲职，不由得让李畅联想起老子、博尔赫斯之流。一张老式的写字桌，亮着一盏那种经典的绿玻璃灯罩的台灯，马东笔耕不已，四周鸦雀无声。脚下自然垫有厚厚的吸附声音的地毯。而马东所写的题材则是他"前半生"的声色犬马、峥嵘岁月。这种前和后的对比、动与静之间的张力令李畅神往不已。只是有一个形象无法安插其间，那就是小温，马东是和小温一起"出走"南都的。这个影楼照上不无艳俗、平庸的女孩又如何伴随"马尔赫斯"左右呢？马东坐在安静的书桌前奋笔疾书的时候她在干什么？又能干什么？李畅实在想象不出来。

　　马东离开西都，一来因为他必须平级调动，南都的这家艺术学院正好有这么一个位置。这是马东的解释。二来——这是李畅的分析，也因为马东在西都待不下去了。这些年办《都市文学》他肯定得罪了不少人，再加上小温的照片突然高调出现在杂志上，他俩的关系显然已经暴露。无论是一种什么样的关系，夫妻、情人，或者仅仅是男女朋友在西都都是不可接受的，都是一种乱伦。谁让西都是一个"土得掉渣"（马东语）的内陆城市呢？南都就不一样了，按照马东的说法，连天上的白云都是"翻卷着、滚动着的"。在这块得改革开放风气之先的自由的土地上，谁认识谁啊！

因此关于马东南都的生活，李畅的眼前会浮现出另一幅画面。金色的海滩上，马东身着一条游泳短裤，腆着一个气球般的大肚子，光腿上的黑毛根根可数，被海水一冲又都柔顺地贴附在肌肤上。他拉着或者抱着年龄如女儿的小温（一个年近五十，一个不过二十出头），在沙滩上奔跑，或者直接走进了海里。对方挣扎着，半推半就发出嬉闹的呼救声。这幅画面和马东在图书馆的办公室里枯坐、读书或写作的画面无论如何也镶嵌不到一起去。

去南都以后，马东只给李畅打过一个电话，告知自己有关的安排。之后他就再没有打过电话。李畅晚上终于可以睡踏实了。开始的时候李畅临睡前会拔掉电话线，心里想：反正我们的工作关系已经结束，你也不给我发工资了，我已经没有义务时刻保持待机状态。在这样的情况下马东是否给李畅打过电话，李畅就不知道了。有一次李畅忘记拔掉电话线就睡了,夜里也没有任何电话打进来。后来李畅就不拔电话线了,偶尔被电话铃声惊醒,不过是南柯一梦。想起客厅里的那部黑暗中的电话,李畅多少有些盼着它骤然响起。

马东不仅夜里不再打电话,白天他也不打。马东大概生气了,彻底不联系李畅以作为对后者拔掉电话线的抗议。这不免有点像恋人分手,有的仍然保持朋友关系的交往,有的则从此隔绝,不再互通消息。说马东和李畅的分道扬镳像恋人之间的诀别还有其他佐证。马东不再联系李畅,但和他们共同的朋友比如小二,仍然是互通有无的。李畅也一样,和马媛媛之间仍有往来。

李畅和马媛媛往来是因为球球。一年中有几次,李畅会外出旅行,参加活动或是访友,于是便需要托狗。受托的人家必须养狗,还得爱狗,还得有时间陪狗、有地方遛狗,还得和李畅是朋友愿意接受。总之条件不免苛刻。比较下来马媛媛最为合适,她本人养了一只京巴,这几年也升职成了部门主管,上班不必每天打卡了。再加上李畅和小二的关系,和其父马东的旧交,马媛媛义不容辞地将球球接收下来。托狗的时间从三五天到一个月不等,每次交接时李畅会被让进房子里，喝一杯茶或者简单交谈几句。但他们从来没有提过《都市文学》的事，甚至没有提到过马东，谈话内容局限于宠物，局限于宠物中的球球和盼盼（京巴的名字）。

马媛媛一面看着两个小家伙打闹，一面嘻嘻而笑。先是球球骑上了盼盼的后背，下一分钟位置互换，球球到了盼盼的下面。两条狗都是公狗。李畅则不时点评。他和马媛媛就像两个带着孩子的家长在公园里相遇，小孩玩成了一团，爸爸或者妈妈看在眼里喜在心头。有时小二在家，有时候小二不在。小二怕狗，对狗毛过敏，如果他在家就在远处站着，时不时地皱一下眉头。看得出来他颇为尴尬。但如果小二不在，觉得尴尬的就是李畅了。因此小二在家的时候他就多待一会儿，小二不在家就少待一会儿。

然后传来了马东发财的消息。最先知道的应该是小二，而小二知道了东都的整个写作圈都知道了（这种事总是传得很快）。不知道小二是否是听马媛媛说的，但李畅肯定是听小二说的。由于小二和马媛媛的关系，他所透露的信息具有毋庸置疑的权威性，可靠程度至少在百分之八十以上。

说是马东发财是因为做艺术品生意。如今当代艺术的行情看涨，各种展览、拍卖遍地都是，李畅想当然地认为马东做的是当代艺术。联想到后者半途而废的"半年"行为，马东做这一行也不完全是个意外，在很短的时间内白手起家乃至发达也是可能的。马东没做成艺术家，但做了一个藏家、鉴赏家、批评家甚至策展人也算是圆梦了，从中寻找一点商机也像他干的事情。但显然，马东没有写或者写成任何小说，那盏绿玻璃灯罩的台灯在李畅的想象中熄灭了。

马东真的发财了，李畅在几次托狗的经历中也感觉到了这一点。他开始托球球的时候马媛媛和小二是租房子住的，房子也就四十个平方。家具、电器都是房东的。采光不好，加上人狗混居，阴暗的室内混有一股说不出的异味。但突然之间他们就搬进了一个新楼盘里的大中套，即使只算使用面积也足有一百五十平米。这套房子位于四十八楼顶层，前面无遮无挡，可以遥看下方细弱绵长的大江，是名副其实的江景房。家具也一概是新购置的，大冰箱、大沙发，连电视都超大超薄，紧贴着一整面墙。而且有地暖。

那次托狗是一个冬天，李畅将球球放下，后者顿时觉察到异样，不时提起前后脚爪，蹦跳着走路。马媛媛笑得不行。李畅问马媛媛："这房子租金多少？"

马媛媛说:"不是租的,是买的。""贷了多少款?""没贷款,全额付的。"李畅就没再吭气了。

他有点想问:"是你爸爸买给你的吧?"但还用说吗?而且贸然提及马东,早不提晚不提,就因为他给马媛媛买了一套房才提也不合适。

后来李畅从小二那里得到证实,房子的确是马东送给女儿的。小二问李畅:"你怎么就不认为这房子是媛媛自己买的?"

"不可能。"李畅说,"马媛媛才工作几年,当主管也没几天,东都的房价不亚于北都、南都,又是这样的地段。"

"就不兴我俩一起买?我也有稿费收入。"

"那就更不可能,你那点稿费能吃饭就不错了……哦,对了,你不是打算要和马媛媛分开吗?"

"我说过吗?我怎么不记得了。"

在马媛媛搬进新房子以前,小二多次提出和对方分手,其中的一个理由就是不能忍受盼盼。"有它没我,有我没它。"小二让马媛媛做了一道选择题,后者毫不犹豫地选择了盼盼,但小二并没有因此搬出去,他只是有充分的理由彻夜不归了。当然,想回来住他还是可以回来住的,房子的租金毕竟有小二一份。小二对外宣称自己已重获自由，开始四处寻寻觅觅，和各种女人尤其是富婆搭识。似乎这样一来（和马媛媛解除了恋人关系），他对狗毛也不过敏了。小二和马媛媛的事圈子里没有人能看得明白。当然也有一语中的的，说小二是骑马找马，马媛媛可不就姓马吗？

然后马媛媛就搬家了，和马东发财的消息同步。小二跟着马媛媛也搬了过去，同样他也有充分理由，就是没有地方住。如今小二成了马媛媛新居里的一个房客，对方免除了他的"租金"。新房子里房间很多，除了主卧小二任选了一间。一次，李畅回请小二宵夜，于烟气缭绕的烧烤摊上小二承认，他的判断有误。"说句掏心的话，"小二说，语调不无沉痛，"我巴不得也搬进主卧里去呢，巴不得房产证上也有我的名字，王学兵……"

"王学兵，"李畅说，"你还有希望，从一套房子里的一间搬进另一间，总比从一套房子搬进另一套房子容易吧？"

"我也是这么想的。"小二说。

后来李畅送了小二四个字，"徐徐图之"，小二说他记下了。

这以后李畅再去托狗，小二表现得尤其殷勤。不是对李畅殷勤，是对狗殷勤。他一只手怀抱着盼盼，一只手抚弄球球："你们是好朋友，不要打架。"然后小二指着李畅对盼盼说："这是伯伯，爸爸的哥儿们，也是你妈妈的朋友。"

马媛媛说："你说错了。"

"哦，是说错了。"小二道，"这个伯伯是长辈，长你妈一辈，应该是爷爷，球球是你叔叔。"

"那你呢？"李畅问小二，"你是球球的哥哥，还是叔叔？"

"我当然是球球的哥哥啦，我的辈分随盼盼他妈，我是盼盼的爸爸。"

"真不要脸！"马媛媛笑骂道。

11

马东因监守自盗东窗事发，被有关部门收监，也就是进了监狱。以下情节是李畅根据公开报道以及私下里的传闻拼凑的。

南都艺术学院图书馆有一个藏品库，库房重地需经过三道门才能进入。身为馆长的马东握有两道门的钥匙，第三道门形同虚设，看起来很厚重用肩膀一扛就能开启。一开始马东只是喜欢将一些字画带回家慢慢欣赏（享受馆长的特权？），他把那些画铺展在瓷砖地上，采取跪姿并拿了放大镜，一看就是一晚上，口中念念有词。

小温不乐意了，对马东说："这女的有什么好看的？要胸没胸，要屁股没屁股……瞧你那德性，恨不能趴上去！"

马东回头道："这是著名的《蕉荫仕女图》，就是把你给卖了，也没她（它）值钱。"

小温大怒，上来又踩又撕，等到马东将其控制住，一张名画已经断成了几截，小温的手里还攥着一团碎片。

这便是马东作案的缘起，供词见于网络媒体，坊间的传说更是充满细节。

为弥补这起偶然的事故马东才走上犯罪之路的。他也想过找专家修复《蕉荫仕女图》，一来破坏严重，二来，即便被修复了遭受破坏的痕迹还是抹杀不掉，马东无法交代。总之事情过于复杂和麻烦。马东于是物色了中国画专业的一名大二学生，一个老实巴交的山里孩子，让对方来家里现场临摹了一张。马东亲自加以修改（毕竟他对原作的揣摩更有心得），总算是大差不差,对付过去。《蕉荫仕女图》回归库房,马东因此明白了两件事。

一是这一出一进并无其他人知晓。二是马东发现了自己天生的美术才能,他的临摹水平一点也不比专业人士(国画专业大二学生)差。马东再次将《蕉荫仕女图》带回家中彻夜观摩,当然这一次是赝品,是他和大二学生合作的。小温的态度这时也改变了,凑过去和马东一同欣赏。小温打开手机上的电筒直射墨迹未干的画面,一面怯怯地问:"这画真的很值钱?"

"这是临摹的不值钱,被你撕烂的那张才值钱。"

"为什么啊,"小温叫了起来,"两张不是一模一样的吗?我看不出有啥子区别。"

"真看不出来?"

"真看不出来,要胸没胸,要屁股没屁股……"

突然马东就抱住了小温,扳过对方的脑袋连亲了几下。"谢谢!谢谢!亲爱的。"他说。

这里面的因果很明显。因为小温的过失马东需要弥补过失,因此才发现了自己的犯罪能力以及犯罪可能。又因为小温的赞赏和鼓励,他才决定铤而走险。当然,马东也有错,就是不该把藏品库里的字画带回家欣赏,违反了有关规定。最后马东因为对金钱的贪婪而走上了一条不归路,说到底还是为了小温,为了满足后者永不餍足的物质需求。"红颜祸水,"马东在他的供词里做最后的陈述,"我是罪有应得,辜负了党和国家多年的教育培养,但在两性关系上希望和我有类似处境的人要引以为戒,远离诱惑特别是色诱!教训太深刻了。"

在东都的圈子里马东的名字已经沉寂多时(上一次被提及还是因为他快速而神秘的致富),这时又回到了议论中心。小二当仁不让,不无权威地说:"南艺的一个校友在香港的一次拍卖活动中,竟然发现了拍品上南艺图书馆的钤印。这哥儿们立马联系了母校,因此才事发的。"这一情节媒体公开报道过,但经小二的嘴说出来就是不一样,有很强烈的现实感。

"涉案金额多少?"

"少说也得两个亿,被调包的尽是名家,齐白石、张大千、黄宾虹、八大……"

"还有转圜的余地吗?"

"说不来。"小二道,"马东冤就冤在不是第一个这么干的,库房里八成都是赝品,也就是说调包的事早就蔚然成风。用赝品调换赝品有这个必要吗?"

"真的假不了,假的真不了。"

"兄弟，你老外了吧，这一行的水不要太深！现在几家鉴定机构的结论都不一样……"

这时有人提到小二和马媛媛的关系，开玩笑说，退赔赃款没准会连累到小二，让他把刚出版的那部长篇的稿费准备好。小二不禁急眼，说："我准备个鸡巴！我和马媛媛又没有登记，马东给他闺女买的房子又没写我名字，老子随时可以拎包走人！"

李畅忍不住问小二："马媛媛现在怎么样？"

"能怎么样？关起门来在家哭呢，连班都不上了。"

"如果你决定分手，最好不要选择在这种时候……"

"不存在。"小二说，"我们早就分了。"

"那就暂缓搬出去。"

"只要这房子不变卖退赔，我就不会搬。兄弟，你放心吧。"

12

李畅又去南都"度假"了，仍然住老岳家，每天无所事事，难得清闲。回想起这五年多来的经历，李畅就像做了一个身心疲惫的梦。也曾想去监狱里探望一下马东,毕竟已经近在咫尺,但最终也没有去成。

一次老岳又开车领李畅去海滨,途中他指着一处奇怪的建筑说:"快看,那就是南都模范监狱,专门关押重刑犯的,你的马主编就在里面。"

监狱的高墙和瞭望塔一掠而过,电网在蓝天之上拉出道道线条,就像是天被划破了,又像凌厉的风驰过留下的永久痕迹。李畅不禁望而却步。

来南都以前,李畅照例把球球托给了马媛媛。这一次,他们没有见面,李畅试探着给对方发了一条短信,提出托狗请求。马媛媛的回复只有两个字:"欢迎。"于是李畅请小二跑了一趟,来家里把球球连同装载球球的宠物箱拎走了。他让小二带话给马媛媛,说自己走得匆忙,回东都的时候再去看她。李畅当时的设想是,先去南都见马东一面,然后再见马媛媛才能说点什么。但他在南都住了一个多月,探监一事始终拖着,最后也没有鼓起勇气。

李畅度假结束,回到东都。他打电话给小二,意思是还是得请他代劳一下,把球球从"他们家"送回来。小二说:"我代劳不了啦,'我们家'也不存在了。"李畅忙问:"怎么回事?出什么事了……"

"还能是怎么回事,"小二说,"房子卖了嘛,属于赃款购置的，马嫒嫒要替他爸还钱。"

"那现在呢？"

"现在？"

"现在你们住在哪？"

"各住各的。"小二说，"我住我女朋友家，马嫒嫒大概租房子住吧。"

"你女朋友……不是马嫒嫒吗？"

"不是跟你说过吗，我和她早分了。"

不得已，李畅给马嫒嫒打了一个电话，问了她现在的住址，然后打车前往去接球球。一路上李畅都在想一件事，见到马嫒嫒该说些什么？肯定要提马东，提到后者犯的案子，事到如今再不提就太不近人情了。马东发财的时候他可以不提，马嫒嫒搬进高尚住宅区仍然可以不提马东，现在的情况则是，故人落难，殃及家人，他李畅总得说几句安慰话吧？况且马嫒嫒帮着照看了这么长时间的球球。但就是这几句安慰话太难说了，说轻了明显是应付，往重里说难免不会触及对方的伤心处。"你早干什么去了？"李畅在心里责骂自己，"马东出事也不是一天两天了，你可以不去看马东，但对他的女儿怎么能没有一点同情心？没有任何表示……你还算是个人吗？"

这是一个深夜，零点已过，马媛媛租的房子远离东都城区中心，出租车几乎开到了郊外。司机抄近路经过一个农贸市场，这时也已经空空荡荡，不见行人。一股特有的腥臭气息灌进车内，是由烂菜叶子、死鱼、鸡毛鸭血以及生肉混合而成的。两侧的摊位上堆着编织袋或者用整张塑料布蒙上了。他们从大棚造成的黑暗中穿越而出，来到了一条土路上，之后向右一拐进了一条小街。司机说："到了。"

李畅付钱下车，出租车调头远去。李畅转过身，便看见了围墙后面的一片灯光闪烁的楼群，应该就是马媛媛租住的小区。李畅给马媛媛发短信，说自己已经到了。马媛媛秒回，说"您稍等"。

李畅点起了一支烟，边抽烟边看向小街尽头处的小区大门。这一截路离开大门大约有四十米，只有一盏路灯。李畅特意站在路灯下面，便于马媛媛能及时看见他。他正在想见到马媛媛时第一句话该怎么说，一只白色的小狗向他跑了过来。啊，那不是球球吗？球球显然先于李畅认出了对方，使劲地向前冲刺，李畅连忙蹲下身，伸出双手，迎接球球的到来。球球跑得那么欢快、急切，气喘吁吁，哈咪哈咪的，像一团雾气一样跑进了路灯照射到的区域，凝结成形。李畅一把将兴奋不已的球球抓住,搂进怀里。那一瞬间的接触真是太美妙了。当李畅抬起头,并没有看见马媛媛,她始终都没有出现。

也许马媛媛正隔着小区大门向外面看呢,或者她隐藏在某处的阴影里。反正她肯定看见了李畅和球球重逢的一幕,否则的话为何李畅会感到黑暗中莫名的一瞥?他为何会感到美妙,以至于伤感?李畅不是一个爱动感情的人。

打车回去的时候,李畅的脑海里一直在回放球球跑向自己的画面:人世间的无名小街,围墙后林立而拥挤的楼群,如此渺小、白色、脆弱的它,如此激动……这么想念的时候,球球正卧在李畅的腿上睡着了。

李畅收到了马媛媛的短信:"抱歉,球球的箱子我搬家的时候弄丢了,需要多少钱我转给您。"

李畅没有回复。他在想,需要斟酌一下语言,把自己想说但没有机会说的那些话,清楚明白地一次性写给对方。